Musta Mies

Musta Mies

ALDIVAN TORRES

Emily Cravalho

Canary Of Joy

CONTENTS

"Musta mies"
Aldivan Torres
Emily Andrade Cravalho
MUSTA MIES

Kirjoittaja: Aldivan Torres
Emily Andrade Cravalho
2020- Emily Andrade Cravalho
Kaikki oikeudet pidätetään
Sarja: Perverssit sisaret

Brasiliassa syntynyt Emily Andrade Cravalho on kirjallinen taiteilija. Lupaaa kirjoituksillaan ilahduttaa yleisöä ja johtaa hänet nautinnon iloihin. Loppujen lopuksi sukupuoli on yksi parhaista asioista.

Omistus ja kiitos

Omistan tämän eroottisen sarjan kaikille sukupuolen ystäville ja perversseille, kuten minä. Toivon voivani vastata kaikkien hullujen mielien odotuksiin. Aloitan tämän työn täällä vakuuttuneena siitä, että

Amelinha, Belinha ja heidän ystävänsä tekevät historiaa. Ilman jatkoja, lämmin halaus lukijoilleni.

Hyvä lukeminen ja hauskaa.

Rakkaudella, kirjailija.

Esitys

Amelinha ja Belinha ovat kaksi sisarta, jotka ovat syntyneet ja kasvaneet Pernambucon sisätiloissa. Maatalouden isien tyttäret tiesivät varhaisessa vaiheessa, kuinka kohdata maanelämän kovat vaikeudet hymyillen kasvoillaan. Tällä tavoin he olivat saavuttamassa henkilökohtaisia valloituksiaan. Ensimmäinen on julkisen talouden tarkastaja ja toinen, vähemmän älykäs, on kunnan perusopetuksen opettaja Arcoverdessa.

Vaikka he ovatkin tyytyväisiä ammatillisesti, heillä on vakava krooninen ongelma suhteissa, koska he eivät koskaan pitäneet prinssiään viehättävänä, mikä on jokaisen naisen unelma. Vanhin, Belinha, tuli asumaan miehen luo hetkeksi. Kuitenkin petti, mikä aiheutti sen pienessä sydämessä korjaamattomia traumoja. Hänet pakotettiin eroamaan ja lupasi itselleen enää koskaan kärsiä miehen takia. Amelinha, köyhä, hän ei voi edes sitoutua. Kuka haluaa mennä naimisiin Amelinha kanssa? Hän on röyhkeä ruskeaverikkö, laiha, keskipitkä, hunajanväriset silmät, keskipitkä, rinnat kuten vesimeloni, rinta määritelty valloittavan hymyn yli. Kukaan ei tiedä mikä hänen todellinen ongelmansa on tai pikemminkin molemmat.

Ihmissuhteen suhteen he ovat hyvin lähellä salaisuuksien jakamista keskenään. Koska huijaus petti Belinha, Amelinha otti sisarensa kivut ja lähti myös pelaamaan miesten kanssa. Kummastakin tuli dynaaminen duo, joka tunnetaan nimellä "Perverted Sisters". Siitä huolimatta miehet rakastavat olla heidän lelujaan. Tämä johtuu siitä, ettei ole mitään parempaa kuin Belinha ja Amelinha rakastaminen hetkeksi. Saammeko oppia tuntemaan heidän tarinansa yhdessä?

Musta mies

Amelinha ja Belinha sekä upeat ammattilaiset ja rakastajat ovat kauniita ja rikkaita naisia integroituna sosiaalisiin verkostoihin. Itse sukupuolen lisäksi he pyrkivät myös saamaan ystäviä.

Kerran mies tuli virtuaalikeskusteluun. Hänen lempinimensä oli "Musta mies". Tällä hetkellä hän vapisi pian, koska rakasti mustia miehiä. Legendan mukaan heillä on kiistaton viehätys.

- Hei kaunokainen! - Kutsuit siunattua mustaa miestä.

- Hei, okei? - vastasi kiehtova Belinha.

- Kaikki hienoa. Hyvää yötä!

- Hyvää yötä. Rakastan mustia ihmisiä!

- Tämä on koskettanut minua nyt syvästi! Mutta onko tähän erityinen syy? Mikä sinun nimesi on?

- No, syy on siskoni ja pidän miehistä, jos tiedät mitä tarkoitan. Nimen suhteen, vaikka tämä on hyvin yksityinen ympäristö, minulla ei ole mitään salattavaa. Nimeni on Belinha. Hauska tavata.

- Ilo on minun puolellani. Nimeni on Flavius, ja olen erittäin mukava!

- Tunsin lujuutta hänen sanoissaan. Tarkoitatko, että intuitiosi on oikea?

- En voi vastata siihen nyt, koska se lopettaa koko mysteerin. Mikä on siskosi nimi?

- Hänen nimensä on Amelinha.

- Amelinha! Kaunis nimi! Voitteko kuvata itseäsi fyysisesti?

- Olen blondi, pitkä, vahva, pitkät hiukset, iso takapuoli, keskirinnat ja minulla on veistoksellinen runko. Ja sinä?

- Musta väri, metri ja kahdeksankymmentä senttimetriä korkea, vahva, täplikäs, kädet ja jalat paksut, siistit, lauletut hiukset ja rajatut kasvot.

- Ai! Ai! Kytke minut päälle!

- Älä huoli siitä. Kuka tuntee minut, ei koskaan unohda.

- Haluat saada minut hulluksi nyt?

- Anteeksi siitä, kulta! Se on vain lisätä pieni viehätys keskustelumme.

- Kuinka vanha olet?

- 25 vuotta ja sinun?

- Olen kolmekymmentäkahdeksan vuotias ja sisareni kolmekymmentäneljä. Ikäerosta huolimatta olemme hyvin lähellä. Lapsuudessa olemme yhdistyneet voittamaan vaikeudet. Teini-ikäisenä jaoimme unelmamme. Ja nyt, aikuisiässä, jaamme saavutuksemme ja turhautumiset. En voi elää ilman häntä.

- Loistava! Tämä tunne on erittäin kaunis. Minulla on halu tavata molemmat. Onko hän yhtä tuhma kuin sinä?

- Hyvällä tavalla hän on paras mitä tekee. Erittäin älykäs, kaunis ja kohtelias. Minun etuni on, että olen älykkäämpi.

- Mutta en näe tässä ongelmaa. Pidän molemmista.

- Pidätkö siitä todella? Amelinha on erityinen nainen. Ei siksi, että hän on sisareni, vaan siksi, että hänellä on jättimäinen sydän. Minusta on hieman sääli häntä, koska hän ei koskaan saanut sulhasta. Tiedän, että hänen unelmansa on mennä naimisiin. Hän liittyi kanssani kansannousuun, koska toverini petti minut. Siitä lähtien etsimme vain nopeita suhteita.

- Ymmärrän täysin. Olen myös perverssi. Minulla ei kuitenkaan ole mitään erityistä syytä. Haluan vain nauttia nuoruudestani. Näytät hyvältä ihmiseltä.

- Kiitos paljon. Oletko todella kotoisin Arcoverdesta?

- Joo, olen kotoisin keskustasta. Ja sinä?

- San Cristóbalin naapurustosta.

- Loistava. Asutko yksin?

- Joo. Lähellä linja-autoasemaa.

- Voitko käydä miehen luona tänään?

- Haluaisimme. Mutta sinun on käsiteltävä molempia. Okei?

- Älä huoli, rakkaus. Pystyn käsittelemään jopa kolme.

- Ai, kyllä! Totta!

- Tulen kohta. voitko selittää sijainnin?

- Joo. Se on minun iloni.
- Tiedän missä se on. Tulen sinne ylös!

Musta mies lähti huoneesta ja myös Belinha. Hän käytti sitä hyväkseen ja muutti keittiöön, jossa tapasi sisarensa. Amelinha pesi likaisia astioita illalliseksi.

- Hyvää yötä sinulle, Amelinha. Et tule uskomaan. Arvaa kuka on tulossa?
- Minulla ei ole aavistustakaan, sisko. WHO?
- Flavius. Tapasin hänet virtuaalisessa chat-huoneessa. Hän on viihteemme tänään.
- Miltä hän näyttää?
- Se on musta mies. Pysyitkö koskaan ja ajattelit, että se voisi olla mukavaa? Köyhä mies ei tiedä mihin pystymme!
- Se todella on, sisko! Lopetetaan hänet.
- Hän putoaa, kanssani! - Sanoi Belinha.
- Ei! Se tulee olemaan minun vastaamani Amelinha kanssa.
- Yksi asia on varma: Yhden meistä hän kaatuu - Belinha totesi.
- Se on totta! Entä saisimme kaiken valmiiksi makuuhuoneessa?
- Hyvä idea. Autan sinua ulos!

Kaksi kyltymätöntä nukke meni huoneeseen jättäen kaiken järjestetyn uroksen saapumista varten. Heti lopetettuaan he kuulevat kellon soivan.

- Onko hän, sisko? - kysyi Amelinha.
- Katsotaanpa se yhdessä! - Hän kutsui Belinha.
- Älä viitsi! Amelinha suostui.

Kaksi naista ohittivat askel askeleelta makuuhuoneen oven, ohittivat ruokasalin ja saapuivat sitten olohuoneeseen. He kävelivät ovelle. Kun he avaavat sen, he kohtaavat Flaviuksen viehättävän ja miehellisen hymyn.

- Hyvää yötä! Selvä? Olen Flavius.
- Hyvää yötä. Olet erittäin tervetullut. Olen Belinha, joka puhui kanssasi tietokoneella, ja tämä suloinen tyttö vieressäni on siskoni.
- Mukava tavata, Flavius! - Amelinha sanoi.

- Hauska tavata. Voinko tulla sisään?
- Varma! - Kaksi naista vastasi samanaikaisesti.

Ori pääsi huoneeseen tarkkailemalla sisustuksen kaikkia yksityiskohtia. Mitä tapahtui siinä kiehuvassa mielessä? Jokainen noista naisnäytteistä kosketti häntä erityisen hyvin. Lyhyen hetken kuluttua hän katsoi syvälle kahden huoran silmiin sanoen:

- Oletko valmis siihen, mitä olen tullut tekemään?
- Valmiina vahvistanut ystäville!

Kolmikko pysähtyi kovasti ja käveli pitkän matkan talon isompaan huoneeseen. Sulkemalla oven he olivat varmoja, että taivas menisi helvettiin muutamassa sekunnissa. Kaikki oli täydellistä: pyyhkeiden järjestely, seksilelut, katto-televisiossa toistettava pornoelokuva ja eloisa romanttinen musiikki. Mikään ei voi viedä ilon iloa.

Ensimmäinen askel on istua sängyn vieressä. Musta mies alkoi riisua vaatteensa kahdelta naiselta. Heidän himo ja seksijano olivat niin suuria, että ne aiheuttivat vähän ahdistusta noissa suloisissa naisissa. Hän otti pois paitansa, joka osoitti, että rintakehä ja vatsa olivat hyvin treenattu kuntosalin päivittäisessä harjoittelussa. Keskimääräiset hiuksesi koko tällä alueella ovat herättäneet tyttöjen huokauksia. Jälkeenpäin hän otti housut pois, jolloin hänen Box-alusvaatteensa näkyivät, mikä osoittaa hänen tilavuutensa ja maskuliinisuutensa. Tällä hetkellä hän antoi heidän koskettaa urut, mikä teki siitä pystyssä. Ilman salaisuuksia hän heitti alusvaatteensa esille kaiken, mitä Jumala antoi hänelle.

Hän oli kaksikymmentäkaksi senttimetriä pitkä, halkaisijaltaan 14 senttimetriä tarpeeksi saadakseen heidät hulluksi. Tuhlaamatta aikaa he putosivat hänen päällensä. He alkoivat esipelillä. Kun yksi nieli kukon suussaan, toinen nuolaisi kivespusseja. Tässä toiminnossa on kulunut kolme minuuttia. Tarpeeksi kauan ollakseen täysin valmis seksiä varten.

Sitten hän alkoi tunkeutua toiseen ja sitten toiseen ilman etusijaa. Sukkulan tiheä tahti aiheutti valituksia, huutoja ja useita orgasmeja tekon jälkeen. Se oli 30 minuuttia emättimen seksiä. Jokainen puolet ajasta. Sitten he päättivät suu- ja anaaliseksillä.

Tuli

Oli kylmä, pimeä ja sateinen yö Pernambucon kaikkien takapuiden pääkaupungissa. Oli hetkiä, jolloin etutuulet nousivat 100 kilometriin tunnissa ja pelottivat köyhiä sisaria Amelinha ja Belinha. Kaksi perverssiä sisarta tapasivat yksinkertaisen asuinpaikkansa olohuoneessa São Cristóvãon naapurustossa. Ilman mitään tekemistä he puhuivat onnellisina yleisistä asioista.

- Amelinha, miten vietit päiväsi maatilan toimistossa?

- Sama vanha asia: organisoin vero- ja tullihallinnon verosuunnittelun, hoidin verojen maksamisen, työskentelin veropetosten estämisessä ja torjunnassa. Se on kovaa työtä ja tylsää. Mutta palkitsevaa ja hyvin maksettua. Ja sinä? Millainen oli rutiinisi koulussa? - kysyi Amelinha.

- Tunnilla läpäisin oppilaita ohjaavan sisällön parhaalla mahdollisella tavalla. Korjasin virheet ja otin kaksi matkapuhelinta opiskelijoita, jotka häiritsivät luokkaa. Annoin myös käyttäytymistä, ryhtiä, dynamiikkaa ja hyödyllisiä neuvoja. Joka tapauksessa opettajan lisäksi olen heidän äitinsä. Todiste siitä, että väliaikana tunkeutuin opiskelijoiden luokkaan ja soitimme yhdessä heidän kanssaan humalaa, hulavanteita, osuimme ja juoksimme. Mielestäni koulu on toinen koti, ja meidän on huolehdittava siitä ystävyydestä ja inhimillisistä yhteyksistä, joita meillä on siitä - Belinha vastasi.

- Loistava, pikkusiskoni. Teoksemme ovat hienoja, koska ne tarjoavat tärkeitä emotionaalisia ja vuorovaikutusrakenteita ihmisten välillä. Kukaan ihminen ei voi elää eristyksissä, saati ilman psykologisia ja taloudellisia resursseja - analysoi Amelinha.

- Olen samaa mieltä. Työ on meille välttämätöntä, koska se tekee meistä riippumattomia yhteiskunnassamme vallitsevasta seksistisestä imperiumista, sanoi Belinha.

- Tarkalleen. Jatkamme arvoissamme ja asenteissamme. Ihminen on vain hyvä sängyssä- Amelinha havaittu.

- Mitä mieltä olette Christianista ihmisistä? - Belinha kysyi.

- Hän vastasi odotuksiani. Tällaisen kokemuksen jälkeen vaistoni ja mieleni pyytävät aina lisää sisäistä tyytymättömyyttä. Mitä mieltä olette? - kysyi Amelinha.

- Se oli hyvä, mutta minusta tuntuu myös sinusta: keskeneräinen. Olen kuiva rakkaudesta ja seksistä. Haluan enemmän ja enemmän. Mitä meillä on tänään? - Sanoi Belinha.

- Minulla ei ole ideoita. Yö on kylmä, pimeä ja pimeä. Kuuletko melua ulkona? Siellä on paljon sade, voimakas tuuli, salama ja ukkonen. Olen peloissani! - sanoi Amelinha.

- Minä myös! - Belinha tunnusti.

Tällä hetkellä ukkosmyrsky kuuluu koko Arcoverdessa. Amelinha hyppää Belinha sylissä, joka huutaa tuskaa ja epätoivoa. Samalla sähkö puuttuu, mikä tekee heistä molemmat epätoivoisia.

- Mitä nyt? Mitä me teemme Belinha? - kysyi Amelinha.

- Poistu minusta, narttu! Saan kynttilät! - Sanoi Belinha. Belinha työnsi sisarensa varovasti sohvan sivulle, kun hän tarttui seiniin päästäkseen keittiöön. Koska talo on suhteellisen pieni, tämän toiminnon suorittaminen ei vie kauan. Häikäisevästi hän ottaa kynttilät kaappiin ja sytyttää ne tulipaloilla, jotka on sijoitettu strategisesti takan päälle.

Kynttilän sytyttyä hän palaa rauhallisesti huoneeseen, jossa hän tapaa sisarensa salaperäisen hymyn kanssa kasvoillaan. Mitä hän teki?

- Voit tuulettaa, sisko! Tiedän että ajattelet jotain- Sanoi Belinha

.

- Entä jos kutsumme kaupungin palokuntaa varoittamaan tulipalosta? Sanoi Amelinha.

- Selvitetään nyt tämä asia. Haluatko keksi kuvitteellisen tulen näiden miesten houkuttelemiseksi? Entä jos meidät pidätetään? - Belinha pelkäsi.

- Kollegani! Olen varma, että he rakastavat yllätystä. Mitä muuta heidän on tehtävä tällaisella pimeällä ja tylsällä yöllä? - sanoi Amelinha.

- Olet oikeassa. He kiittävät hauskaa. Murskaamme tulen, joka kuluttaa meitä sisältä. Nyt tulee kysymys: Kenellä on rohkeutta soittaa heille? - kysyi Belinha.

- Olen hyvin ujo. Jätän tämän tehtävän sinulle, sisareni - sanoi Amelinha.

- Aina minä. Okei. Mitä tapahtuu, tapahtuu- Belinha totesi.

Nousuessaan sohvalta Belinha menee pöydälle kulmassa, johon matkapuhelin on asennettu. Hän soittaa palokunnan hätänumeroon ja odottaa vastausta. Muutaman kosketuksen jälkeen hän kuulee syvän, lujan äänen puhuvan toiselta puolelta.

- Hyvää yötä. Tämä on palokunta. Mitä haluat?

- Nimeni on Belinha. Asun São Cristóvãon naapurustossa täällä Arcoverdessa. Sisareni ja minä olemme epätoivoisia kaikesta sateesta. Kun sähkö loppui täällä talossamme, aiheutti oikosulun ja alkoi sytyttää esineitä. Onneksi sisareni ja minä menimme ulos. Tuli kuluttaa taloa hitaasti. Tarvitsemme palomiehen apua - sanoi ahdistunut tyttö.

- Ota rennosti, ystäväni. Olemme pian siellä. Voitteko antaa yksityiskohtaisia tietoja sijainnistanne? - Kysyi päivystävästä palomiehestä.

- Taloni on täsmälleen Central Avenuella, kolmas talo oikealla. Onko se kunnossa kanssasi?

- Tiedän missä se on. Olemme siellä muutaman minuutin kuluttua. Olla rauhallinen- Sanoi palomies.

- Me odotamme. Kiitos! - Kiitos Belinha.

Palattuaan sohvalle laajalla virneellä, he molemmat päästivät irti tyynystään ja huhuivat tekemästään hauskuudesta. Tätä ei kuitenkaan suositella, elleivät he olleet kaksi heidän kaltaista huoria.

Noin kymmenen minuutin kuluttua he kuulivat koputuksen oveen ja menivät vastaamaan siihen. Kun he avasivat oven, he kohtasivat kolme maagista kasvoa, joista jokaisella oli ominainen kauneus. Yksi oli musta, kuusi jalkaa pitkä, jalat ja käsivarret keskikokoiset. Toinen oli tumma, metri ja yhdeksänkymmentä pitkä, lihaksikas ja veistoksellinen.

Kolmas oli valkoinen, lyhyt, ohut, mutta erittäin ihastunut. Valkoinen poika haluaa esitellä itsensä:

- Hei, naiset, hyvää yötä! Nimeni on Roberto. Tätä naapurin miestä kutsutaan Matthewksi ja ruskeaksi Philipiksi. Mitkä ovat nimesi ja missä on tuli?

- Olen Belinha, puhuin sinulle puhelimitse. Tämä brunette on sisareni Amelinha. Tule sisään ja selitän sen sinulle.

- Okei - He ottivat mukaan kolme palomiehiä samanaikaisesti.

Kvintetti tuli taloon ja kaikki näytti normaalilta, koska sähkö oli palannut. He asettuvat tyttöjen kanssa olohuoneen sohvalle. Epäilyttävää, he keskustelevat.

- Tuli on ohi, vai mitä? - Matthew kysyi.

- Joo. Hallitsemme sitä jo suuren työn ansiosta - selitti Amelinha.

- Sääli! Olen halunnut työskennellä. Rutiini on siellä kasarmissa niin yksitoikkoinen, sanoi Felipe.

- Minulla on idea. Entä työskennellä miellyttävämmällä tavalla? - Belinha ehdotti.

- Tarkoitat, että olet mitä luulen? - Kysyi Felipe.

- Joo. Olemme naimattomia naisia, jotka rakastavat nautintoa. Onko sinulla hauskaa? - kysyi Belinha.

- Vain jos menet nyt - vastasi musta mies.

- Minäkin olen - vahvisti ruskea mies.

- Odota minua - valkoinen poika on käytettävissä.

- Joten - sanotaan tytöt.

Kvintetti tuli huoneeseen jakamalla parivuode. Sitten alkoi seksiorgia. Belinha ja Amelinha kävivät vuorotellen kolmen palomiehen iloissa. Kaikki näytti maagiselta, eikä ollut parempaa tunnetta kuin olla heidän kanssaan. Monipuolisilla lahjoilla he kokivat seksuaalisia ja asennollisia vaihteluita luomaan täydellisen kuvan.

Tytöt näyttivät kyllästymättömiltä seksuaalisuudessaan, mikä ajoi nuo ammattilaiset. He kävivät läpi yön seksiä ja ilo ei näyttänyt loppuvan. He lähtivät vasta saaneet kiireellisen puhelun työstä. He lopettivat ja menivät vastaamaan poliisin raporttiin. Siitä huolimatta he eivät koskaan unohtaisi sitä upeaa kokemusta "Perverssi sisarten" rinnalla.

Lääketieteellinen konsultaatio

Se koitti kauniiseen takapääkaupunkiin. Tavallisesti kaksi perverssiä sisarta heräsivät aikaisin. Kuitenkin noustessaan he eivät tunteneet oloaan hyvin. Vaikka Amelinha jatkoi aivastelua, hänen sisarensa Belinha tunsi olevansa hieman tukehtunut. Nämä tosiasiat tulivat luultavasti edellisestä yöstä Virginian Sotaaukiolla, jossa he joivat, suutelivat suuhun ja snorttoivat harmonisesti rauhallisessa yössä.

Koska he eivät olleet olleet hyvin ja ilman voimaa mihinkään, he istuivat sohvalla uskonnollisesti miettien mitä tehdä, koska ammatilliset sitoumukset odottivat ratkaisua.

- Mitä teemme, sisko? Olen täysin hengästynyt ja uupunut - sanoi Belinha.

- Kerro minulle siitä! Minulla on päänsärky ja olen saamassa viruksen. Olemme eksyneet! - sanoi Amelinha.

- Mutta en usko, että se on syy kaipaamaan työtä! Ihmiset ovat riippuvaisia meistä! - Sanoi Belinha

- Rauhoitu, älä paniikkia! Entä liittyisimme mukaviin? - Ehdotettu Amelinha.

- Älä sano, että ajattelet mitä ajattelen .... - Belinha oli hämmästynyt.

- Oikein. Mennään yhdessä lääkäriin! Se on hyvä syy kaipaamaan työtä, ja kuka tietää, ei tapahdu mitä haluamme! - sanoi Amelinha

- Hyvä idea! Joten mitä me odotamme? Valmistaudutaan! - kysyi Belinha.

- Älä viitsi! - Amelinha suostui.

Kaksi meni koteloihinsa. He olivat niin innoissaan päätöksestä; he eivät edes näyttäneet sairailta. Oliko kaikki vain heidän keksintö? Anteeksi, lukija, älä ajattele huonosti rakkaita ystäviämme. Sen sijaan me lähetämme heidät heidän elämäänsä tässä uudessa jännittävässä luvussa.

Makuuhuoneessa he uivat sviiteissään, pukeutuivat uusiin vaatteisiin ja kenkiin, kampasivat pitkät hiuksensa, pukeutuivat ranskalaiseen hajusteeseen ja menivät sitten keittiöön. Siellä he murskasivat munat ja juustot täyttäen kaksi leipää ja söivät jäähdytetyn mehun kanssa. Kaikki oli erittäin herkullista. Siitä huolimatta he eivät näyttäneet tuntevan sitä, koska ahdistus ja hermostuneisuus lääkärin tapaamisen edessä olivat jättimäisiä.

Kun kaikki oli valmis, he lähtivät keittiöstä poistuakseen talosta. Jokaisella askeleella, jonka he ottivat, heidän pieni sydämensä sykkii tunteella ajattelusta aivan uudessa kokemuksessa. Siunattuja heitä kaikkia! Optimismi tarttui heihin, ja muiden oli noudatettava sitä!

Talon ulkopuolella he menevät autotalliin. Avaten oven kahdella yrityksellä, he seisovat vaatimattoman punaisen auton edessä. Huolimatta hyvästä auton mausta, he suosivat suosittuja klassikoita peläten melkein kaikilla Brasilian alueilla esiintyvän yleisen väkivallan.

Tytöt saapuvat viipymättä autoon ja antavat uloskäynnin varovasti, ja toinen heistä sulkee autoon palaavan autotallin heti sen jälkeen. Kuka ajaa, on Amelinha, jolla on kokemusta jo kymmenen vuotta. Belinha ei ole vielä ajettu.

Hyvin lyhyt reitti kodin ja sairaalan välillä tapahtuu turvallisesti, harmonisesti ja rauhallisesti. Sillä hetkellä heillä oli väärä tunne, että he voisivat tehdä mitä tahansa. Ristiriitaisesti he pelkäsivät hänen oveluuttaan ja vapauttaan. He itse olivat yllättyneitä toteutetuista toimista. Ei vähempää, heitä kutsuttiin slutty hyviksi paskiaiksi!

Saapuessaan sairaalaan he suunnittelivat tapaamisen ja odottivat soittoa. Tänä aikavälinä he hyödyntivät välipalojen valmistamista ja vaihtivat viestejä mobiilisovelluksen kautta rakkaiden seksipalvelijoidensa kanssa. Kyynisempi ja iloisempi kuin nämä, se oli mahdotonta olla!

Jonkin ajan kuluttua on heidän vuoronsa nähdä. Erottamattomina he tulevat hoitotoimistoon. Kun näin tapahtuu, lääkärillä on melkein sydänkohtaus. Heidän edessään oli harvinainen pala ihmistä:

Pitkä vaalea, metri ja yhdeksänkymmentä senttimetriä pitkä, partainen, hiukset muodostavat ponin, lihaksikkaat käsivarret ja rinnat, luonnolliset kasvot, joilla on enkelin ilme. Jo ennen kuin he pystyivät laatimaan reaktion, hän kutsuu:

- Istu alas, molemmat!

- Kiitos! - He sanoivat molemmat.

Kummallakin on aikaa tehdä nopea ympäristöanalyysi: Palvelupöydän edessä lääkäri, tuoli, jossa hän istui, ja kaapin takana. Oikealla puolella sänky. Seinällä kirjailija Cândido Portinarin ekspressionistiset maalaukset, jotka kuvaavat maaseudun miestä. Ilmapiiri on erittäin kodikas, jolloin tytöt ovat rauhassa. Rentoutumisen ilmapiiri rikkoo kuulemisen muodollinen näkökohta.

- Kerro mitä tunnet, tytöt!

Se kuulosti tytöiltä epävirallisesti. Kuinka suloinen oli vaalea mies! Sen on täytynyt olla herkullista syödä.

- Päänsärky, pahoinvointi ja virus! - Kertoi Amelinha.

- Olen hengästynyt ja väsynyt! - Hän väitti Belinha.

- Se on okei! Anna minun katsoa! Makaa sängyssä! - Lääkäri kysyi.

Huorat tuskin hengittivät tästä pyynnöstä. Ammattilainen sai heidät riisumaan osan vaatteistaan ja tunsi ne eri osissa, mikä aiheutti vilunväristyksiä ja kylmää hikeä. Hoitaja tajusi, ettei heidän kanssaan ollut mitään vakavaa, vitsaili:

- Kaikki näyttää täydelliseltä! Mitä haluat heidän pelkäävän? Injektio perseeseen?

- Rakastan sitä! Jos se on suuri ja paksu injektio, vielä parempi! - Sanoi Belinha.

- Haetko hitaasti, rakkaus? - sanoi Amelinha.

- Kysyt jo liikaa! - Huomasi lääkärin.

Varovasti sulkemalla oven, hän putoaa tyttöjen päälle kuin villieläin. Ensin hän ottaa loput vaatteet ruumiista. Tämä terävöittää hänen libidoaan entisestään. Ollessaan täysin alasti hän ihailee hetkeksi niitä veistosolentoja. Sitten on hänen vuoronsa keuliminen. Hän varmistaa, että he riisuvat vaatteensa. Tämä lisää ryhmän välistä vuorovaikutusta ja läheisyyttä.

Kun kaikki on valmis, he aloittavat sukupuolen alkuvaiheen. Kielen käyttö herkissä osissa, kuten peräaukossa, aasissa ja korvassa, blondi aiheuttaa mini-iloorgasmeja molemmille naisille. Kaikki meni hyvin, vaikka joku koputti oveen. Ei uloskäyntiä, hänen on vastattava. Hän kävelee vähän ja avaa oven. Tällöin hän kohtaa päivystävän sairaanhoitajan: hoikka mulatti, ohuet jalat ja hyvin matala.

- Lääkäri, minulla on kysyttävää potilaan lääkityksestä: onko se viisi tai kolmesataa milligrammaa klotrimatsolia? - Kysyi Roberto näyttää resepti.

- Viisisataa! - Vahvisti Alex.

Tällä hetkellä sairaanhoitaja näki alastomien tyttöjen jalat, jotka yrittivät piiloutua. Nauroi sisällä.

- Vitsit vähän, huh, doki? Älä edes soita ystävillesi!

- Anteeksi! Haluatko liittyä jengiin?

- Haluaisin!

- Tule sitten!

Kaksi tuli huoneeseen sulkemalla oven takanaan. Enemmän kuin nopeasti, mulatti riisui vaatteensa. Täysin alasti, hän näytti pitkän, paksun, verisuonten mastonsa pokaalina. Belinha oli iloinen ja antoi hänelle pian suuseksiä. Alex vaati myös, että Amelinha tekisi saman hänen kanssaan. Suun jälkeen he alkoivat anaali. Tässä osassa Belinha oli hyvin vaikea pitää kiinni sairaanhoitajan hirviökukosta. Mutta kun se tuli reikään, heidän mielihyvänsä oli valtava. Toisaalta he eivät tunteneet mitään vaikeuksia, koska heidän peniksensä oli normaali.

Sitten heillä oli emättimen seksiä eri asennoissa. Edestakaisin liikkuminen ontelossa aiheutti hallusinaatioita heissä. Tämän vaiheen jälkeen neljä yhdistyi ryhmäseksiin. Se oli paras kokemus, johon jäljellä olevat energiat käytettiin. Viisitoista minuuttia myöhemmin he molemmat olivat loppuunmyytyjä. Sisarille sukupuoli ei koskaan loppu, mutta hyvä, koska heitä kunnioitettiin noiden miesten heikkoutta. Koska he eivät halua häiritä työtään, he lopettivat työn perustelutodistuksen ja henkilökohtaisen puhelimensa. He lähtivät täysin säveltämättä herättämättä kenenkään huomiota sairaalan ylityksen aikana.

Saapuessaan pysäköintialueelle, he astuivat autoon ja aloittivat paluumatkan. He ovat onnellisia, he ajattelivat jo seuraavaa seksuaalista pahuuttaan. Perverssi sisaret olivat todella jotain!

Yksityistunti

Se oli iltapäivä kuin mikä tahansa muu. Työn tulokkaat, perverssi sisaret olivat kiireisiä kotitöissä. Suoritettuaan kaikki tehtävät he kokoontuivat huoneeseen levätä vähän. Kun Amelinha luki kirjaa, Belinha käytti mobiili-internetiä selatessaan suosikkisivustojaan.

Jossain vaiheessa toinen huutaa ääneen huoneessa, mikä pelottaa sisartaan.

-Mitä se on, tyttö? Oletko hullu? - kysyi Amelinha.

- Pääsin juuri kilpailujen verkkosivustolle ja sain kiitollisen yllätyksen ilmoittavan Belinha.

-Kerro minulle lisää!

- Liittovaltion aluetuomioistuimen rekisteröinnit ovat auki. Tehdään?

-Hyvä puhelu, siskoni! Mikä on palkka?

- Yli kymmenentuhatta alkuperäistä dolaria.

-Oikein hyvä! Työni on parempi. Tulen kuitenkin tekemään kilpailun, koska valmistaudun etsimään muita tapahtumia. Se toimii kokeiluna.

- Teet hyvin! Rohkaiset minua. En tiedä mistä aloittaa. Voitteko antaa minulle vinkkejä?

-Osta virtuaalikurssi, kysy paljon kysymyksiä testisivustoilla, tee ja tee uudelleen aiemmat testit, kirjoita yhteenvetoja, katso vinkkejä ja lataa hyviä materiaaleja Internetistä muun muassa.

-Kiitos! Otan kaikki nämä neuvot! Mutta tarvitsen jotain enemmän. Katso, sisko, koska meillä on rahaa, entä jos maksamme yksityistunnista?

-En ollut ajatellut sitä. Se on hyvä idea! Onko sinulla ehdotuksia pätevälle henkilölle?

-Minulla on erittäin pätevä opettaja täällä Arcoverdesta puhelinkontakteissani. Katso hänen kuvaa!

Belinha antoi sisarelleen matkapuhelimen. Nähdessään pojan kuvan hän oli hurmioitunut. Komean lisäksi hän oli älykäs! Se olisi täydellinen uhri parille, joka liittyy hyödylliseen miellyttävään.

-Mitä me odotamme? Mene hakemaan hänet, sisko! Meidän on opiskeltava pian. - Amelinha sanoi.

-Tajusit sen! - Belinha hyväksyi.

Nousuessaan sohvalta hän alkoi soittaa numeronäppäimistön puhelinnumeroita. Kun puhelu on soitettu, vastaaminen kestää vain hetken.

-Hei. Oletko kunnossa?

- Kaikki on hienoa, Renato.

-Lähetä tilaukset.

-Surffasin Internetissä, kun huomasin, että liittovaltion aluetuomioistuimen kilpailun hakemukset ovat avoimia. Nimetin mieleni heti kunnioitettavaksi opettajaksi. Muistatko koulukauden?

-Muistan tuon ajan hyvin. Hyviä aikoja ne, jotka eivät tule takaisin!

-Oikein! Onko sinulla aikaa antaa meille yksityistunti?

- Mikä keskustelu, nuori nainen! Sinulle minulla on aina aikaa! Mikä päivä asetamme?

- Voimmeko tehdä sen huomenna kello 2:00? Meidän on aloitettava!

- Tietysti minä! Avulla sanon nöyrästi, että onnistumismahdollisuudet kasvavat uskomattoman.

-Olen varma siitä!

-Kuinka hyvä! Voit odottaa minua klo 2:00.

-Kiitos paljon! Nähdään huomenna!

-Nähdään myöhemmin!

Belinha katkaisi puhelimen ja hahmotti hymyn toverilleen. Epäillen vastausta Amelinha kysyi:

-Miten se meni?

-Hän hyväksyi. Huomenna klo 14.00 hän on täällä.

-Kuinka hyvä! Hermot tappavat minua!

- Ota vain rennosti, sisko! Se tulee olemaan kunnossa.

-Amen!

- Valmistetaanko illallinen? Olen jo nälkäinen!

-No muistaa.!

Pari meni olohuoneesta keittiöön, jossa miellyttävässä ympäristössä keskusteltiin, pelattiin, keitettiin muun muassa. He olivat esimerkkejä sisarista, joita kipu ja yksinäisyys yhdistivät. Se, että he olivat seksiä paskiaisia, piti heitä vain entistä paremmin. Kuten kaikki tiedät, brasilialaisella naisella on lämmin veri.

Pian sen jälkeen he olivat veljeytyneitä pöydän ympärillä ajattelemalla elämää ja sen häiriöitä.

-Syöen tämän herkullisen kanan stroganoffin, muistan mustan miehen ja palomiehet! Hetket, jotka eivät koskaan näytä kuluvan! - Belinha sanoi!

- Kerro minulle siitä! Nuo kaverit ovat herkullisia! Puhumattakaan sairaanhoitajasta ja lääkäristä! Rakastin sitä myös! - Muisti Amelinha!

- Tosiaan, siskoni! Kaunista mastoa on miellyttävä! Anteeksi feministit minulle!

- Meidän ei tarvitse olla niin radikaaleja ...!

Kaksi nauravat ja syövät edelleen ruokaa pöydällä. Hetkellä millään muulla ei ollut merkitystä. He näyttivät olevan yksin maailmassa ja se piti heitä kauneuden ja rakkauden jumalattarina. Koska tärkeintä on tuntea olonsa hyväksi ja itsetunto.

Itsevarmana he jatkavat perherituaalia. Tämän vaiheen lopussa he surffaavat Internetissä, kuuntelevat musiikkia olohuoneen stereoista, katsovat saippuaooppperoita ja myöhemmin pornoelokuvaa. Tämä kiire jättää heidät hengästyneiksi ja väsyneiksi pakottaen heidät menemään lepäämään omaan huoneeseensa. He odottivat innokkaasti seuraavaa päivää.

Ei kauan ennen kuin he nukahtavat syvään. Painajaisten lisäksi yö ja aamunkoitto tapahtuvat normaalilla alueella. Heti aamunkoiton jälkeen he nousevat ylös ja alkavat noudattaa normaalia rutiinia: kylpy, aamiainen, työ, paluu kotiin, kylpy, lounas, torkut ja siirtyvät huoneeseen, jossa he odottavat aikataulutettua vierailua.

Kun he kuulevat koputtavan ovelle, Belinha nousee ylös ja menee vastaamaan. Näin tehdessään hän törmää hymyilevään opettajaan. Tämä aiheutti hänelle hyvän sisäisen tyytyväisyyden.

-Tervetuloa takaisin, ystäväni! Oletko valmis opettamaan meitä?

- Kyllä, hyvin, hyvin valmis! Kiitos vielä kerran tästä mahdollisuudesta! - Sanoi Renato.

-Mennään sisään! - Sanoi Belinha.

Poika ei ajatellut kahdesti ja hyväksyi tytön pyynnön. Hän tervehti Amelinha ja istui sohvalla hänen ilmoituksestaan. Hänen ensimmäinen asenne oli ottaa pois musta neulottu pusero, koska se oli liian kuuma. Tällä tavoin hän jätti hyvin toimivan rintaruudun kuntosalille, hiki tippui ja tummansävyinen valonsa. Kaikki nämä yksityiskohdat olivat luonnollinen afrodisiaakki näille kahdelle "perverssille".

Teeskennellen, ettei mitään tapahtunut, heidän kolmensa välillä aloitettiin keskustelu.

-Voitko valmistella hyvän luokan, professori? - kysyi Amelinha.

-Joo! Aloitetaan mistä artikkelista? - kysyi Renato.

-En tiedä ... - sanoi Amelinha.

-Mikä olisi hauskaa ensin? Kun olet ottanut paitasi, kastuin! - Tunnusti Belinha.

-Sin myös- sanoi Amelinha.

- Te kaksi olette todella seksiä maniakkeja! Eikö sitä minä rakastan? - Sanoi mestari.

Odottamatta vastausta hän riisui siniset farkut, joissa oli reiteen lisälihakset, aurinkolaseissa siniset silmät ja lopuksi alusvaatteissaan pitkä penis, keskipaksuus ja kolmion muotoinen pää. Riitti, että pienet huorat putosivat päälle ja alkoivat nauttia siitä miehekkäästä, oman kehitystiiminsä ruumiista. Hänen avustaan he ottivat vaatteensa pois ja aloittivat seksiä.

Lyhyesti sanottuna tämä oli hieno seksuaalinen kohtaaminen, jossa he kokivat monia uusia asioita. Se oli melkein neljäkymmentä minuuttia villiä seksiä täydellisessä harmoniassa. Näinä hetkinä tunne oli niin suuri, että he eivät edes huomanneet aikaa ja tilaa. Siksi he olivat äärettömiä Jumalan rakkauden kautta.

Saavutettuaan ekstaasin he lepivät hieman sohvalla. Sitten he tutkivat kilpailun perimiä aloja. Opiskelijoina nämä kaksi olivat hyödyllisiä, älykkäitä ja kurinalaista, minkä opettaja huomasi. Olen varma, että he olivat matkalla hyväksyntään.

Kolme tuntia myöhemmin he lopettivat lupaavat uudet opintokokoukset. Iloisina perverssi sisaret menivät hoitamaan muita tehtäviään ajatellen jo seuraavia seikkailujaan. Heidät tunnettiin kaupungissa nimellä "kyltymätön".

Kilpailutesti

Siitä on aikaa. Noin kahden kuukauden ajan perverssi sisar vihkiytyi kilpailuun käytettävissä olevan ajan mukaan. Joka päivä, joka kului, he olivat paremmin valmistautuneita kaikkeen, mikä tuli ja meni. Samaan aikaan tapahtui seksuaalisia kohtaamisia, ja näinä hetkinä he vapautuivat.

Testipäivä oli vihdoin saapunut. Kaksi sisarta lähti aikaisin sisämaan pääkaupungista ja alkoi kävellä BR 232 -moottoritietä, jonka kokonaisreitti oli 250 km. Matkalla he ohittivat valtion sisätilojen pääkohdat: Pesqueira, Belo Jardim, São Caetano, Caruaru, Gravatá, Bezerros ja Vitória de Santo Antão. Jokaisella näistä kaupungeista oli kerrottava tarina, ja kokemuksestaan he absorboivat sen kokonaan. Kuinka hyvä oli nähdä vuoret, Atlantin metsä, caatinga, maatilat, maatilat, kylät, pienet kaupungit ja siemailla metsistä tulevaa puhdasta ilmaa. Pernambuco oli todella upea osavaltio!

He pääsevät pääkaupunkiseudulle, juhlistavat Matkan hyvää toteutumista. Ota pääkatu naapuruston hyvälle matkalle, jossa he tekisivät testin. Matkalla he kohtaavat ruuhkaista liikennettä, tuntemattomien välinpitämättömyyttä, saastunutta ilmaa ja ohjauksen puutetta. Mutta he pääsivät lopulta siihen. He menevät kyseiseen rakennukseen, tunnistavat itsensä ja aloittavat testin, joka kestää kaksi jaksoa. Testin ensimmäisen osan aikana he keskittyvät täysin monivalintakysymysten haasteeseen. Hyvin laatima tapahtumasta vastaava pankki sai aikaan niiden monipuolisimmat yksityiskohdat. Heidän mielestään he menivät hyvin. Kun he pitivät tauon, he lähtivät lounaalle ja mehua rakennuksen edessä olevaan ravintolaan. Nämä hetket olivat heille tärkeitä luottamuksen, suhteen ja ystävyyden ylläpitämiseksi.

Sen jälkeen he menivät takaisin testialueelle. Sitten aloitettiin tapahtuman toinen jakso aiheilla, jotka koskivat muita tieteenaloja. Jopa pitämättä samaa vauhtia he olivat silti hyvin tarkkaavaisia vastauksissaan. He todistivat tällä tavalla, että paras tapa läpäistä kilpailut on omistautua paljon opintoihin. Hetkeä myöhemmin he päättivät luottavaisen osallistumisensa. He luovuttivat todisteet, palasivat autoon ja siirtyivät kohti lähellä sijaitsevaa rantaa.

Matkalla he soittivat, kytkivät äänen päälle, kommentoivat kilpailua ja etenivät Recifen kaduilla katsellen pääkaupungin valaistuja katuja, koska oli melkein yö. He ihmettelevät näkyjä. Ei ihme, että kaupunki tunnetaan nimellä "trooppisten alueiden pääkaupunki". Aurinko laski antaen ympäristölle entistä upeamman ilmeen. Kuinka mukavaa olla siellä tuolloin!

Saavuttuaan uuteen pisteeseen he lähestyivät meren rantoja ja laskeutuivat sen kylmiin ja rauhallisiin vesiin. Ylitys on ilon, tyytyväisyyden, tyytyväisyyden ja rauhan ekstaattinen. Menetettyään aikaa, he uivat, kunnes ovat väsyneitä. Sen jälkeen he makaavat rannalla tähtivalossa ilman pelkoa tai huolta. Taika tarttui heihin loistavasti. Yksi tässä tapauksessa käytettävä sana oli "mittaamaton".

Jossain vaiheessa, kun ranta on melkein autio, lähestyy tyttöjen kahta miestä. He yrittävät nousta seisomaan ja juosta vaaran edessä. Mutta poikien vahvat käsivarret pysäyttävät heidät.

- Ota rennosti, tytöt! Emme aio satuttaa sinua! Pyydämme vain vähän huomiota ja kiintymystä! - Yksi heistä puhui.

Tyypillisen sävyn edessä tytöt nauroivat tunnetusti. Jos he haluavat seksiä, miksi ei tyydyttää heitä? He olivat tämän taiteen mestareita. Vastaten heidän odotuksiinsa he nousivat ylös ja auttoivat heitä riisumaan vaatteensa. He toimittivat kaksi kondomia ja tekivät striptease. Se riitti ajamaan nuo kaksi miestä hulluksi.

Putoamalla maahan he rakastivat toisiaan pareittain ja liikkeensä saivat lattian ravisemaan. He antoivat itselleen molempien seksuaaliset variaatiot ja toiveet. Tässä toimitushetkessä he eivät välittäneet mistään tai kenestäkään. Heille he olivat maailmankaikkeudessa yksin suuressa rakkauden rituaaleissa ilman ennakkoluuloja. Sukupuolessa he olivat toisiinsa täysin kietoutuneet tuottamaan voimaa, jota ei ole koskaan ennen nähty. Instrumenttien tavoin ne olivat osa suurempaa voimaa elämän jatkuessa.

Pelkkä uupumus pakottaa heidät lopettamaan. Täysin tyytyväiset miehet lopettavat ja kävelevät pois. Tytöt päättävät palata autoon. He aloittavat matkansa takaisin asuinpaikkaansa. Täysin hyvin, he ottivat mukanaan kokemuksensa ja odottivat hyviä uutisia kilpailusta, johon he osallistuivat. He ansaitsivat varmasti parhaan onnen maailmassa.

Kolme tuntia myöhemmin he tulivat kotiin rauhassa. He kiittävät Jumalaa siunauksista, jotka annetaan nukkumalla. Eräänä päivänä odotin lisää tunteita kahdelle maniakille.

Opettajan paluu

Dawn. Aurinko nousee aikaisin, ja sen säteet kulkevat ikkunan halkeamien läpi hyväillen rakkaiden tyttöjemme kasvoja. Lisäksi hieno aamutuuli auttoi luomaan mielialaa niihin. Kuinka hienoa oli, kun saimme toisen päivän tilaisuuden Isän siunauksella. Hitaasti nämä kaksi nousevat sängystään melkein samaan aikaan. Uimisen jälkeen heidän kokouksensa tapahtuu katoksessa, jossa he valmistavat aamiaisen yhdessä. Se on hetken ilo, ennakointi ja häiriötekijöiden jakaminen kokemuksista uskomattoman upeina aikoina.

Aamiaisen valmistuttua he kokoontuvat pöydän ympärille mukavasti istuen puupohjaisilla tuoleilla, joiden selkänoja on pylvääseen. Syömisen aikana he vaihtavat läheisiä kokemuksia.

Belinha

Siskoni, mikä tuo oli?

Amelinha

Puhdas tunne! Muistan edelleen jokaisen yksityiskohdan noiden rakkaiden kreettien ruumiista!

Belinha

Minä myös! Tunsin suuren ilon. Se oli melkein ylimääräistä.

Amelinha

Tiedän! Tehdään näitä hulluja asioita useammin!

Belinha

Olen samaa mieltä!

Amelinha

Piditkö testistä?

Belinha

Minä rakastin sitä. Olen kuolla tarkistaa suorituskykyäni!

Amelinha

Minä myös!

Heti kun he olivat lopettaneet ruokinnan, tytöt ottivat matka-puhelimensa käyttöön siirtymällä mobiiliin internetiin. He siirtyivät organisaation sivulle tarkistaakseen todisteiden palautteen. He kirjoitti-vat sen paperille ja menivät huoneeseen tarkistamaan vastaukset.

Sisällä he hyppäsivät ilosta nähdessään hyvän nuotin. He olivat ohittaneet! Tunteita ei voitu hillitä juuri nyt. Juhlimisen jälkeen paljon, hänellä on paras idea: Kutsu mestari Renato, jotta he voivat juhlia tehtävän onnistumista. Belinha on taas vastuussa tehtävästä. Hän nos-taa puhelimensa ja soittaa.

Belinha

Hei?

Renato

Hei, oletko kunnossa? Kuinka voit, suloinen Belle?

Belinha

Hyvä on! Arvaa mitä juuri tapahtui.

Renato

Älä sano minulle ....

Belinha

Joo! Saimme kilpailun läpi!

Renato

Onnitteluni! Enkö kertonut sinulle?

Belinha

Haluan kiittää teitä kaikin tavoin yhteistyöstäsi. Ymmärrätkö minua, vai mitä?

Renato

Ymmärrän kyllä. Meidän on asetettava jotain. Mieluiten talosi.

Belinha

Siksi soitin. Voimmeko tehdä sen tänään?

Renato

Joo! Voin tehdä sen tänään.

Belinha

Ihme. Odotamme sinua sitten kello kahdeksan yöllä.

Renato

Okei. Voinko tuoda veljeni?

Belinha

Tietysti !

Renato

Nähdään myöhemmin!

Belinha

Nähdään myöhemmin!

Yhteys päättyy. Sisariaan katsellen Belinha antaa naurun onnesta. Utelias, toinen kysyy:

Amelinha

Mitä sitten? onko hän tulossa?

Belinha

Kaikki on hyvin! Tänä iltana kello kahdeksan meidät yhdistetään.
Hän ja hänen veljensä ovat tulossa! Oletko ajatellut Surubaa?

Amelinha

Kerro minulle siitä! Sykkään jo tunteista!

Belinha

Olkoon sydän! Toivottavasti se onnistuu!

Amelinha

-Se on kaikki onnistunut!

Kaksi nauravat täyttävät samalla ympäristön positiivisilla
tärinöillä. Tuolloin minulla ei ollut epäilystäkään siitä, että kohtalo oli
salaliitto hauskan yöksi tuolle hullu duo. He olivat jo saavuttaneet niin
monta vaihetta yhdessä, etteivät he heikentyisi nyt. Siksi heidän tulisi
edelleen epäjumalata miehiä seksuaalisena leikkinä ja heittää heidät sit-
ten pois. Se oli vähiten kilpailua, jonka he pystyivät maksamaan kär-
simyksistään. Itse asiassa kukaan nainen ei ansaitse kärsiä. Tai
pikemminkin melkein jokainen nainen ei ansaitse kipua.

Aika päästä töihin. Poistuessaan huoneesta jo valmiina, sisaret
menevät autotalliin, josta he lähtevät yksityisautollaan. Amelinha vie
Belinha ensin kouluun ja lähtee sitten maatilan toimistoon. Siellä hän
huokuu iloa ja kertoo ammatillisia uutisia. Kilpailun hyväksynnästä hän
saa kaikkien onnittelut. Sama tapahtuu Belinha.

Myöhemmin he palaavat kotiin ja tapaavat uudelleen. Sitten
alkaa valmistelu kollegojesi vastaanottamiseksi. Päivä lupasi olla vieläkin
erikoisempi.

Juuri aikataulun mukaan he kuulevat koputtavan ovelle. Belinha,
älykkäin heistä, nousee ylös ja vastaa. Voimakkailla ja turvallisilla
askeleilla hän asettaa itsensä oveen ja avaa sen hitaasti. Tämän operaa-
tion päätyttyä hän visualisoi veljen parin. Emännän signaalilla he astu-
vat sisään ja asettuvat olohuoneen sohvalle.

Renato

Tämä on veljeni. Hänen nimensä on Ricardo.

Belinha

Mukava tavata, Ricardo.

Amelinha

Olet tervetullut tänne!

Ricardo

Kiitän teitä molempia. Ilo on minun puolellani!

Renato

Olen valmis! Voimmeko mennä vain huoneeseen?

Belinha

Älä viitsi!

Amelinha

Kuka saa kuka nyt?

Renato

Valitsen Belinha itse.

Belinha

Kiitos, Renato, kiitos! Olemme yhdessä!

Ricardo

Pysyn mielelläni Amelinha kanssa!

Amelinha

Sinä vapistat!

Ricardo

Katsotaan!

Belinha

Anna sitten juhlat aloittaa!

Miehet asettivat naiset varovasti käsivarrelle, joka vei heidät yhden heidän makuuhuoneensa sänkyihin. Saapuessaan paikkaan he riisuvat vaatteensa ja putoavat kauniisiin huonekaluihin aloittaen rakkauden rituaalin useissa asennoissa, vaihtamalla hyväisyyttä ja osallisuutta. Jännitys ja ilo olivat niin suuria, että tuotetut huokailut kuulivat kadun toisella puolella skandaalien naapureita. Tarkoitan, ei niin paljon, koska he tiesivät jo maineestaan.

Ylhäältä tehdyn päätelmän mukaan rakastajat palaavat keittiöön, jossa he juovat mehua evästeiden kanssa. Syömisen aikana he keskustelevat kaksi tuntia, mikä lisää ryhmän vuorovaikutusta. Kuinka hyvä oli olla oppimassa elämästä ja kuinka olla onnellinen. Tyytyväisyys on hyvin itsellesi ja maailmalle, joka vahvistaa kokemuksensa ja arvonsa ennen kuin toiset kantavat varmuutta siitä, etteivät muut voi arvioida sitä. Siksi eniten he uskoivat olevan "kukin on oma persoonansa".

Pimeään mennessä he lopulta sanovat hyvästit. Vierailijat lähtevät jättämällä "Rakkaat Pyreneet" -alueen entistä euforisemmaksi ajatellessaan uusia tilanteita. Maailma vain kääntyi kohti kahta luottamusta. Olkoon he onnekkaita!

Loppu

Printed by Libri Plureos GmbH in Hamburg,
Germany

A Fekete Ember

A Fekete Ember

ALDIVAN TORRES

Emily Cravalho

Canary Of Joy

CONTENTS

1 1

"A Fekete Ember"
Aldivan Torres
Emily Andrade Cravalho

A   Fekete   Ember

Szerző: Aldivan Torres
Emily Andrade Cravalho
2020- Emily Andrade Cravalho
Minden jog fenntartva
Sorozat: A perverz nővérek

Emily Andrade Cravalho, aki Brazíliában született, irodalmi művész. Ígéri írásaival, hogy örömet szerez a közönségnek, és az öröm gyönyöréhez vezet. Végül is a szex az egyik legjobb dolog.

Elkötelezettség és köszönet

Ezt az erotikus sorozatot minden olyan szeximádónak és perverznek szentelem, mint én. Remélem, hogy megfelelni tudok minden őrült elmének. Ezt a munkát itt azzal a meggyőződéssel kezdem, hogy

Amelinha, Belinha és barátaik történelmet írnak. Minden további nélkül meleg ölelés az olvasóimhoz.

Jó olvasást és sok szórakozást.

Szeretettel, a szerző.

Bemutatás

Amelinha és Belinha két nővér, akik Pernambuco belsejében születtek és nőttek fel. A gazdálkodó apák lányai már korán tudták, hogyan kell mosolyogva szembenézniük a vidéki élet heves nehézségeivel. Ezzel elérték a személyes hódításukat. Az első egy államháztartási könyvvizsgáló, a másik, kevésbé intelligens, az önkormányzati alapfokú oktatás tanára Arcoverdében.

Bár szakmailag boldogok, kettőjüknek súlyos krónikus problémája van a kapcsolatokkal kapcsolatban, mert soha nem találta bájosnak a hercegét, ami minden nő álma. A legidősebb, Belinha, egy időre férfival lakott. Azt azonban elárulták, ami kis szívében helyrehozhatatlan traumákat generált. Kénytelen volt elválni, és megígérte magának, hogy soha többé nem fog szenvedni egy férfi miatt. Amelinha, szegény, nem is tudja eljegyezni magunkat. Ki akar feleségül venni Amelinha? Pimasz barna, sovány, közepes magasságú, mézszínű szemek, közepes fenekű, olyan mellek, mint a görögdinnye, a mellkas pedig magával ragadó mosolmon túl meghatározható. Senki sem tudja, mi a valódi problémája, vagy inkább mindkettő.

Interperszonális kapcsolatukkal kapcsolatban nagyon közel állnak egymáshoz a titkok megosztásához. Mivel Belinha egy gazember elárulta, Amelinha elvette húga fájdalmait, és elindult játszani a férfiakkal is. A kettő dinamikus duóvá vált, amelyet "Perverz nővérek" néven ismertek. Ennek ellenére a férfiak imádnak lenni a játékaik. Ugyanis nincs jobb, mint Belinha és Amelinha szeretete akár egy pillanatra is. Megismerjük együtt a történeteiket?

A fekete ember

Amelinha és Belinha, valamint nagyszerű szakemberek és szerelmesek szép és gazdag nők, akik beépülnek a közösségi hálózatokba. Magán a szex mellett barátkozásra is törekszenek.

Egyszer egy férfi belépett a virtuális csevegésbe. Beceneve "Fekete ember" volt. Ebben a pillanatban hamar megremegett, mert szerette a fekete férfiakat. A legenda szerint vitathatatlan varázsuk van.

- Szia szépség! - Felhívtad az áldott fekete férfit.
- Helló, rendben? - válaszolta az érdekes Belinha.
- Minden remek. Jó éjszakát!
- Jó éjszakát. Szeretem a fekete embereket!
- Ez most mélyen megérintett! De van-e ennek különleges oka? Mi a neved?
- Nos, az oka a nővéremnek, és szeretem a férfiakat, ha tudod, mire gondolok. Ami a nevet illeti, annak ellenére, hogy ez egy nagyon privát környezet, nincs semmi rejtegetnivalóm. A nevem Belinha. Örülök a találkozásnak.
- Az öröm az enyém. A nevem Flavius, és nagyon kedves vagyok!
- Szilárdságot éreztem a szavaiban. Úgy érted, hogy az intuícióm igaz?
- Most erre nem tudok válaszolni, mert ezzel véget érne az egész rejtély. Mi a testvéred neve?
- Amelinha a neve.
- Amelinha! Szép név! Fizikailag leírhatnád magad?
- Szőke, magas, erős, hosszú hajú, nagy fenekű, közepes mellű vagyok, szobrászati testem van. És te?
- Fekete szín, egy méter és nyolcvan centiméter magas, erős, foltos, karjai és lábai vastagok, szépek, fésült hajúak és határozott arcúak.
- Jaj! Jaj! Beindítasz!
- Ne aggódj miatta. Aki ismer, soha nem felejti el.
- Most meg akar őrjíteni?
- Sajnálom, kicsim! Ez csak egy kis varázslatot ad a beszélgetésünknek.

- Hány éves vagy?
- Huszonöt év és a tiéd?
- Harmincnyolc éves vagyok, húgom pedig harmincnégy. A korkülönbség ellenére nagyon közel vagyunk. Gyerekkorban egyesültünk a nehézségek leküzdésében. Kamaszkorunkban megosztottuk álmainkat. És most, felnőttkorban, megosztjuk eredményeinket és csalódásainkat. Nem tudok nélküle élni.
- Nagy! Nagyon szép ez az érzésed. Késztetést kapok, hogy találkozzak mindkettővel. Ugyanolyan szemtelen, mint te?
- Jó értelemben ő a legjobb abban, amit csinál. Nagyon okos, szép és udvarias. Előnyöm, hogy okosabb vagyok.
- De ebben nem látok problémát. Mindkettő tetszik.
- Tényleg tetszik? Amelinha különleges nő. Nem azért, mert a nővérem, hanem azért, mert óriási szíve van. Kicsit sajnálom őt, mert soha nem kapott vőlegényt. Tudom, hogy az álma az, hogy férjhez menjen. Csatlakozott hozzám egy felkelésbe, mert a társam elárult. Azóta csak gyors kapcsolatokat keresünk.
- Teljesen megértem. Én is perverz vagyok. Nincs azonban különösebb okom. Csak élvezni akarom a fiatalságomat. Nagyszerű embereknek tűnsz.
- Nagyon szépen köszönjük. Tényleg Arcoverde-ből származol?
- Igen, a belvárosból származom. És te?
- San Cristóbal környékéről.
- Nagy. Egyedül élsz?
- Igen. A buszpályaudvar közelében.
- Látogathat ma egy férfit?
- Szeretnénk. De kezelnie kell mindkettőt. Oké?
- Ne aggódj, szerelem. Legfeljebb hármat bírok.
- Igen, igen! Igaz!
- Mindjárt ott leszek. meg tudnád magyarázni a helyszínt?
- Igen. Örömömre szolgál.
- Én tudom, hol van. Feljövök oda!

A fekete férfi elhagyta a szobát és Belinha is. Kihasználta és a konyhába költözött, ahol megismerkedett a nővérével. Amelinha vacsorára mosta a piszkos edényeket.

- Jó éjszakát neked, Amelinha. Nem fogod elhinni. Találd ki jön át?

- Fogalmam sincs, nővérem. Aki?

- A Flavius. A virtuális csevegőszobában találkoztam vele. Ma ő lesz a szórakozásunk.

- Hogy néz ki?

- Fekete ember. Megálltál valaha, és arra gondoltál, hogy jó lehet? A szegény ember nem tudja, mire vagyunk képesek!

- Tényleg van, nővérem! Fejezzük be.

- El fog esni, velem! - Mondta Belinha.

- Nem! Velem válaszolt Amelinha lesz.

- Egy dolog biztos: egyikünkkel el fog esni - zárta a következtetést Belinha.

- Ez igaz! Mi lenne, ha mindent elkészítenénk a hálószobában?

- Jó ötlet. Segítek neked!

A két kielégíthetetlen baba a szobába ment, és mindent otthagyott a hím érkezésére. Amint befejezik, meghallják a csengőt.

- Ő az, húgom? - kérdezte Amelinha.

- Nézzük meg együtt! - Meghívta Belinha.

- Na gyere! Amelinha beleegyezett.

A két nő lépésről lépésre elhaladt a hálószoba ajtaja mellett, elhaladt az ebédlő mellett, majd megérkezett a nappaliba. Az ajtóhoz sétáltak. Amikor kinyitják, találkoznak Flavius bájos és férfias mosolyával.

- Jó éjszakát! Rendben? Én vagyok a Flavius.

- Jó éjszakát. Nagyon szívesen. Belinha vagyok, aki veled beszélt a számítógépen, és ez az édes lány mellettem a húgom.

- Örülök, hogy megismertelek, Flavius! - mondta Amelinha.

- Örvendek. Bejöhetek?

- Biztos! - A két nő egyszerre válaszolt.

A mén a dekor minden részletének megfigyelésével hozzáférhetett a szobához. Mi zajlott abban a forrásban lévő elmében? Különösen meghatotta őt minden egyes női példány. Rövid pillanat múlva mélyen a két kurva szemébe nézett, mondván:

- Készen állsz arra, amit csinálni kezdtem?

- Kész-megerősítette a szerelmesek!

A trió keményen megállt, és hosszú utat tett meg a ház nagyobb szobájáig. Az ajtó bezárásával biztosak voltak benne, hogy a menny pillanatok alatt pokolba kerül. Minden tökéletes volt: a törölközők, a szexuális játékok, a mennyezeti televízión játszott pornófilm és a romantikus zene élénk. Semmi sem vonhatta el a nagy este örömét.

Az első lépés az ágy mellett ülni. A fekete férfi elkezdte levenni a két nő ruháját. A vágyuk és a szomjúságuk olyan nagy volt, hogy egy kis szorongást váltottak ki azokban az édes hölgyekben. Levette az ingét, amelyen látható, hogy a tornaterem napi edzésén a mellkas és a has jól kidolgozott. Átlagos szőrszálai az egész régióban felsóhajtottak a lányoktól. Utána levette a nadrágját, kilátást engedve Box fehérneműjére, ami megmutatta térfogatát és férfiasságát. Ebben az időben megengedte nekik, hogy megérintsék az orgonát, így az felállóbbá vált. Titkai nélkül eldobta az alsóneműjét, megmutatva mindent, amit Isten adott neki.

Huszonkét centi hosszú volt, átmérője tizennégy centi volt ahhoz, hogy megőrjítse őket. Időveszteség nélkül ráestek. Az előjátékkal kezdték. Míg az egyik lenyelte a farkát a szájában, a másik megnyalta a herezacskót. Ebben a műveletben három perc telt el. Elég hosszú ahhoz, hogy teljesen készen álljon a szexre.

Aztán behatolással kezdte az egyiket, majd a másikba előnyben részesítés nélkül. A transzfer gyakori üteme nyögéseket, sikolyokat és többszörös orgazmust okozott az aktus után. Harminc perc hüvelyi szex volt. Mindegyik félidő. Aztán az orális és az anális szexre jutottak.

A tűz

Hideg, sötét és esős éjszaka volt Pernambuco összes hegyvidékének fővárosában. Voltak pillanatok, amikor az első szél elérte a 100 kilométer / órát, és megijesztette a szegény Amelinha és Belinha nővéreket. A két elvetemült nővér egyszerű lakóhelyük nappalijában, a São Cristóvão negyedben találkozott. Nincs mit tenni, boldogan beszélgettek általános dolgokról.

- Amelinha, hogy telt a napod a farm irodájában?

- Ugyanaz a régi dolog: megszerveztem az adó- és vámigazgatás adótervezését, irányítottam az adófizetést, az adóelkerülés megelőzésében és leküzdésében dolgoztam. Kemény munka és unalmas. De kifizetődő és jól fizetett. És te? Milyen volt a rutin az iskolában? - kérdezte Amelinha.

- Az órán átadtam a tanulókat a lehető legjobban irányító tartalmat. Javítottam a hibákat, és két olyan mobiltelefont vettem elő, akik zavarták az osztályt. Tanulmányokat is tartottam viselkedésről, testtartásról, dinamikáról és hasznos tanácsokról. Egyébként tanáron kívül az anyjuk vagyok. Ennek bizonyítéka, hogy a szünetben beszivárogtam a diákok osztályába, és velük együtt hoppot, hula karikát, ütést és futást játszottunk. Véleményem szerint az iskola a második otthonunk, és gondoskodnunk kell a barátságokról és az emberi kapcsolatokról, amelyek vele vannak - válaszolta Belinha.

- Zseniális, kishúgom. Munkáink nagyszerűek, mert fontos érzelmi és interakciós konstrukciókat nyújtanak az emberek között. Egyetlen ember sem élhet elszigetelten, nemhogy pszichológiai és pénzügyi források nélkül - elemezte Amelinha.

- Egyetértek. A munka elengedhetetlen számunkra, mivel függetlenné tesz a társadalmunkban uralkodó szexista birodalomtól - mondta Belinha.

- Pontosan. Folytatjuk értékeinket és hozzáállásainkat. Az ember csak jó az ágyban- figyelte meg Amelinha.

- A férfiakról szólva, mit gondolt Christianról? - kérdezte Belinha.

-   Megfelelte az elvárásaimat. Egy ilyen tapasztalat után az ösztöneim és az elmém mindig nagyobb belső elégedetlenséget kérnek. Mi a véleményed? - kérdezte Amelinha.

-   Jó volt, de én is úgy érzem, mint te: hiányos. Száraz a szeretet és a szex. Egyre többet akarok. Mi van ma? - Mondta Belinha.

-   Nincsenek ötleteim. Az éjszaka hideg, sötét és sötét. Hallod kint a zajt? Sok eső, erős szél, villámlás és mennydörgés van. Félek! - Mondta Amelinha.

-   Én is! - vallotta be Belinha.

Ebben a pillanatban mennydörgő mennydörgés hallatszik az egész Arcoverde-ben. Amelinha Belinha ölébe ugrik, aki fájdalmat és kétségbeesést visít. Ugyanakkor hiányzik az áram, ami mindkettőjüket kétségbeesik.

-   És most? Mit fogunk tenni Belinha? - kérdezte Amelinha.

-   Szállj le rólam, ribanc! Megkapom a gyertyákat! - Mondta Belinha.   Belinha gyengéden a kanapé oldalához tolta nővérét, miközben tapogatta a falakat, hogy a konyhába jusson. Mivel a ház viszonylag kicsi, a művelet elvégzése nem tart sokáig. Tapintat segítségével beveszi a gyertyákat a szekrénybe, és a tűzhely tetejére stratégiailag elhelyezett gyufákkal meggyújtja.

A gyertya meggyújtásával nyugodtan visszatér a szobába, ahol a nővére titokzatos mosollyal tágra nyílik az arcán. Mire készül?

-   Szellőztetheti, nővérem! Tudom, hogy gondolsz valamire- Mondta Belinha .

-   Mi lenne, ha tűzre figyelmeztetnénk a városi tűzoltókat? Mondta Amelinha.

-   Hadd értsem ezt egyenesen. Kitalálni akarsz egy kitalált tüzet ezeknek az embereknek a csábítására? Mi van, ha letartóztatnak? - Belinha félt.

-   A kollégám! Biztos vagyok benne, hogy imádni fogják a meglepetést. Mit tehetnének jobban egy ilyen sötét és unalmas éjszakán, mint ez? - mondta Amelinha.

- Igazad van. Meg fogják köszönni a mulatságot. Megtörjük azt a tüzet, amely belülről elfogyaszt minket. Most jön a kérdés: Kinek lesz bátorsága felhívni őket? - kérdezte Belinha.

- Nagyon félénk vagyok. Rád bízom ezt a feladatot, nővérem - mondta Amelinha.

- Mindig én. Oké. Bármi is történik, megtörténik - vonta le a következtetést Belinha.

A kanapéról felállva Belinha a sarokban lévő asztalhoz megy, ahol a mobil van telepítve. Hívja a tűzoltóság segélyhívó számát, és várja a választ. Néhány érintés után mély, határozott hangot hall a másik oldalról beszélni.

- Jó éjszakát. Ez a tűzoltóság. Mit akarsz?

- A nevem Belinha. A São Cristóvão negyedben élek itt, Arcoverde-ben. A húgommal és kétségbeesetten várjuk ezt az esőt. Amikor a házunkban kiment az áram, rövidzárlatot okozott, és elkezdte felgyújtani a tárgyakat. Szerencsére a húgommal kimentünk. A tűz lassan felemészti a házat. Szükségünk van a tűzoltók segítségére- mondta szorongatta a lány.

- Nyugodtan, barátom. Nemsokára ott leszünk. Tudna részletes információkat adni a tartózkodási helyéről? - Kérdezte az ügyeletes tűzoltót.

- A házam pontosan a Central Avenue-n található, a harmadik ház a jobb oldalon. Rendben van veletek?

- Én tudom, hol van. Néhány perc múlva ott leszünk. Legyen nyugodt-   Mondta a tűzoltó.

- Várunk. Köszönöm! - Köszönöm Belinha.

Széles vigyorral visszatérve a kanapéra, ketten elengedték párnáikat, és felhorkantak a mókával, amit végeztek. Ezt azonban nem ajánlott megtenni, hacsak nem két olyan kurva volt, mint ők.

Körülbelül tíz perc múlva kopogást hallottak az ajtón, és mentek válaszolni. Amikor kinyitották az ajtót, három varázslatos arccal néztek szembe, mindegyiknek meg volt a maga szépsége. Az egyik fekete volt, hat láb magas, lába és karja közepes. Egy másik sötét volt, egy méter és kilencven magas, izmos és szobrászati. Harmaduk fehér volt, alacsony, vékony, de nagyon kedves. A fehér fiú bemutatkozni akar:

- Szia, hölgyeim, jó éjszakát! A nevem Roberto. Ezt a szomszéd férfit Matthew-nak hívják, a barna embernek pedig Philipet. Mi a neved és hol a tűz?

- Belinha vagyok, telefonon beszéltem veled. Ez a barna itt a húgom Amelinha. Gyere be, és elmagyarázom neked.

- Oké - egyszerre vették be a három tűzoltót.

A kvintett belépett a házba, és minden normálisnak tűnt, mert visszatért az áram. A nappaliban a nappaliban ülnek a lányokkal együtt. Gyanús, beszélgetést folytatnak.

- A tűznek vége, ugye? - kérdezte Matthew.

- Igen. Nagy erőfeszítésnek köszönhetően már mi is irányítjuk - magyarázta Amelinha.

- Kár! Dolgozni akartam. A laktanyában a rutin olyan monoton - mondta Felipe.

- Van egy ötletem. Mi lenne, ha kellemesebben dolgozna? - javasolta Belinha.

- Úgy érted, hogy te vagy az, akire gondolok? - kérdezte Felipe.

- Igen. Egyedülálló nők vagyunk, akik szeretik az örömöt. Szórakozás kedve? - kérdezte Belinha.

- Csak ha most elmész - válaszolta fekete ember.

- Én is benne vagyok - erősítette meg a Barna Férfi.

- Várj rám - elérhető a fehér fiú.

- Tehát, mondjuk- mondták a lányok.

A kvintett kétszemélyes ággyal lépett be a szobába. Aztán elkezdődött a szexorgia. Belinha és Amelinha felváltva vettek részt a három tűzoltó örömében. Minden varázslatosnak tűnt, és nem volt jobb érzés, mint velük lenni. Változatos ajándékokkal szexuális és helyzetbeli variációkat tapasztaltak, amelyek tökéletes képet hoztak létre.

A lányok telhetetlennek tűntek szexuális indulataikban, ami megőrjítette ezeket a szakembereket. Éjszakán át szexeltek, és úgy tűnt, hogy az örömnek soha nem ér véget. Addig nem mentek el, amíg sürgős hívást nem kaptak a munkából. Felhagyták, és válaszolni mentek a rendőrségre. Ennek ellenére soha nem felejtik el ezt a csodálatos élményt a "Perverz nővérek" mellett.

Orvosi konzultáció

Felderült a gyönyörű hátsó tőke. Általában a két perverz nővér korán ébredt. Amikor azonban felértek, nem érezték jól magukat. Amelinha folyamatosan tüsszentett, nővére, Belinha kissé megfulladtnak érezte magát. Ezek a tények valószínűleg az előző este virginiai háborús tértől származnak, ahol a derűs éjszakában ittak, szájon csókoltak és harmonikusan horkoltak.

Mivel nem érezték jól magukat és semmihez sem volt erejük, vallásosan ültek a kanapén, és azon gondolkodtak, mit tegyenek, mert a szakmai elkötelezettségek megoldásra vártak.

- Mit csinálunk, nővérem? Teljesen kifulladok és kimerültem - mondta Belinha.

- Mesélj róla! Fejfájásom van, és kezdek vírust kapni. Eltévedtünk! - Mondta Amelinha.

- De nem hiszem, hogy ez ok a munka kimaradására! Az emberek rajtunk múlnak! - Mondta Belinha

- Nyugodj meg, ne essünk pánikba! Mi lenne, ha csatlakoznánk a szépekhez? - Javasolt Amelinha.

- Ne mondd, hogy arra gondolsz, amire gondolok .... - csodálkozott Belinha.

- Úgy van. Menjünk együtt orvoshoz! Nagyszerű ok lesz a munka kimaradására, és ki tudja, nem az történik, amit akarunk! - Mondta Amelinha

- Jó ötlet! Szóval, mire várunk? Készüljünk fel! - kérdezte Belinha.

- Na gyere! - helyeselt Amelinha.

A kettő a saját házához ment. Annyira izgatottak voltak a döntés miatt; nem is látszottak betegnek. Csak az ő találmányuk volt? Bocsásson meg, olvasó, ne gondoljunk rosszul kedves barátainkra. Ehelyett kísérjük őket életük ezen izgalmas új fejezetében.

A hálószobában fürdöttek lakosztályaikban, új ruhákat és cipőket vettek fel, hosszú hajukat megfésülték, francia parfümöt vettek fel, majd a konyhába mentek. Ott tojást és sajtot törtek össze, megtöltve két kenyeret, és hűtött lével ettek. Minden nagyon finom volt. Ennek ellenére úgy tűnt, hogy nem érezték, mert az orvos kinevezése előtti szorongás és idegesség óriási volt.

Minden készenlétben elhagyták a konyhát, hogy kilépjenek a házból. Minden egyes lépésükkel kis szívük lüktetett az érzelem gondolkodásától egy teljesen új élményben. Áldott legyen mind! Az optimizmus fogta el őket, és ezt követni kellett másoknak is!

A ház külső részén mennek a garázsba. Két kísérletben kinyitva az ajtót, a szerény piros autó elé állnak. A gépjárművek jó ízlése ellenére inkább a népszerűeket részesítették előnyben a klasszikusoktól, félve a szinte minden brazil régióban előforduló gyakori erőszaktól.

A lányok késedelem nélkül belépnek az autóba, és finoman megadják a kijáratot, majd egyikük bezárja az autóhoz visszatérő garázst. Aki vezet, az Amelinha, akinek már tíz éve tapasztalata van. Belinha még nem vezethet.

Az otthonuk és a kórház közötti nagyon rövid utat biztonsággal, harmóniával és nyugalommal végzik. Abban a pillanatban hamis érzésük volt, hogy bármit megtehetnek. Ellentmondásban féltek ravaszságától és szabadságától. Ők maguk is meglepődtek a tetteken. Nem kevesebben nevezték őket pofás jó gazembereknek!

A kórházba érve kitűzték a megbeszélést és várták a hívást. Ebben az időintervallumban kihasználták az uzsonnát, és üzeneteket cseréltek a mobil alkalmazáson keresztül kedves szexuális szolgáikkal. Cinikusabb és vidámabb, mint ezek, lehetetlen volt!

Egy idő után rajtuk a sor. Elválaszthatatlanok, belépnek a gondozási irodába. Amikor ez megtörténik, az orvosnak majdnem szívrohama van. Előttük egy férfi ritka darabja volt: Magas szőke, egy méter és kilencven centiméter magas, szakállas, copfot formáló haj, izmos karok és mellek, természetes arcok, angyali tekintettel. Még mielőtt reakciót alkothattak volna, meghívja:

- Üljetek le, mindketten!

- Köszönöm! - Mindkettőt mondták.

Kettőjüknek van ideje a környezet gyors elemzésére: A szolgálati asztal előtt az orvos, az a szék, amelyben ült, és egy szekrény mögött. A jobb oldalon egy ágy. A falon Cândido Portinari szerző expresszionista festményei, amelyek a vidéki férfit ábrázolják. A hangulat nagyon hangulatos, így a lányok nyugodtan maradnak. A kikapcsolódás légkörét megszakítja a konzultáció formai aspektusa.

- Mondd el, mit érzel, lányok!

Ez informálisan hangzott a lányok számára. Milyen édes volt az a szőke férfi! Biztos finom volt enni.

- Fejfájás, hajlam és vírus! - Mondta Amelinha.

- Lélegzetelállító és fáradt vagyok! - Azt állította, Belinha.

- Jól van! Had nézzem meg! Feküdj le az ágyra! - kérdezte a Doktor.

A kurvák alig kaptak levegőt erre a kérésre. A szakember arra késztette őket, hogy levegyék a ruhájuk egy részét, és különböző részeken érezték őket, ami hidegrázást és hideg verejtékezést okozott. A kísérő rájött, hogy nincs semmi komoly velük, és viccelődött:

- Tökéletesen néz ki minden! Mitől akarja, hogy féljenek? Injekció a seggbe?

- Szeretem! Ha ez egy nagy és vastag injekció, még jobb! - Mondta Belinha.

- Lassan pályázol, szerelem? - Mondta Amelinha.

- Már túl sokat kérdezel! - Megjegyezte a klinikus.

Óvatosan becsukva az ajtót, úgy zuhan a lányokra, mint egy vadállat. Először leveszi a testről a többi ruhát. Ez még jobban élezi libidóját. Azáltal, hogy teljesen meztelen, egy pillanatra csodálja azokat a szobrászati lényeket. Akkor rajta a sor, hogy megmutassa magát. Gondoskodik róla, hogy levegyék a ruhájukat. Ez növeli a csoport közötti kölcsönhatást és intimitást.

Minden készen állnak a szex előkészületeire. A nyelv használata olyan érzékeny részeken, mint a végbélnyílás, a szamár és a fül, a szőke mini örömorgaszmákat okoz mindkét nőben. Minden rendben volt akkor is, amikor valaki folyamatosan kopogott az ajtón. Nincs kiút, válaszolnia kell. Kicsit sétál, és kinyitja az ajtót. Ennek során találkozik az ügyeletes nővérrel: egy karcsú mulattus, vékony lábú és nagyon alacsony.

- Orvos, kérdésem lenne a beteg gyógyszeres kezelésével kapcsolatban: ötszáz vagy háromszáz milligramm klotrimazolról van szó? - kérdezte Roberto, aki receptet mutatott.

- Ötszáz! - erősítette meg Alex.

Ebben a pillanatban a nővér meglátta a meztelen lányok lábát, akik megpróbáltak elrejtőzni. Nevetett bent.

- Viccelődni egy kicsit, huh, doki? Ne is hívd a barátaidat!

- Elnézést! Csatlakozni akarsz a bandához?

- Szeretnék!

- Aztán jön!

Ketten beértek a szobába, becsukva maguk mögött az ajtót. Több mint gyorsan, a mulatt levette a ruháját. Teljesen meztelenül, hosszú, vastag, erezetes árbocát mutatta trófeaként. Belinha örült, és hamarosan orális szexet adott neki. Alex azt is követelte, hogy Amelinha tegye ugyanezt vele. Szájon át kezdték az anális. Ebben a részben Belinha nagyon nehezen kapaszkodott a nővér szörnyeteg farkába. De miután belépett a lyukba, óriási örömük volt. Másrészt nem éreztek nehézséget, mert a péniszük normális volt.

Aztán különböző helyzetben vaginális szexet folytattak. Az üregben előre-hátra mozgás hallucinációkat váltott ki bennük. E szakasz után a négy egyesült egy csoportos szexben. Ez volt a legjobb élmény, amelyben a fennmaradó energiákat elköltették. Tizenöt perccel később mindkettő elkelt. A nővérek számára a szexnek soha nem lenne vége, de jó, mivel tiszteletben tartják e férfiak gyengeségét. Nem akarták zavarni a munkájukat, abbahagyták a munka igazolását és a személyes telefonjukat. Teljesen megkomponáltan távoztak, anélkül, hogy bárki figyelmét felkeltették volna a kórházi átkelés során.

A parkolóba érve beléptek az autóba, és elindultak a visszafelé vezető úton. Akármilyen boldogok, már a következő szexuális bajaikra gondoltak. A perverz nővérek valóban valami voltak!

Magánóra

Délután volt, mint minden más. A munkából érkezők, a perverz nővérek a házimunkával voltak elfoglalva. Az összes feladat elvégzése után összegyűltek a szobában, hogy egy kicsit megpihenjenek. Amelinha könyvet olvasott, Belinha a mobil internetet használva kereste kedvenc webhelyeit.

Valamikor a második hangosan sikoltozik a szobában, ami megrémíti a nővérét.

-Mi az, lány? Őrült vagy? - kérdezte Amelinha.

-Épp most léptem be a versenyek weboldalára, hálás meglepetésről tájékoztatta Belinha.

-Mondj többet!

-A szövetségi regionális bíróság regisztrációja nyitva áll. Csináljuk?

-Jó hívás, húgom! Mi a fizetés?

-Több mint tízezer kezdeti dollár.

-Nagyon jó! A munkám jobb. A versenyt azonban megcsinálom, mert felkészítem magam más események keresésére. Kísérletként szolgál.

-Nagyon jól csinálod! Bátorítasz engem. Most nem tudom, hol kezdjem. Tudna nekem tippeket adni?

-Vásároljon egy virtuális tanfolyamot, tegyen fel sok kérdést a teszt-oldalakon, végezzen és dolgozzon újra a korábbi teszteken, írjon összefoglalókat, nézzen tippeket és töltsön le többek között jó anyagokat az internetről.

-Köszönöm! Megfogadom ezt a tanácsot! De kell még valami. Nézd, nővérem, mivel van pénzünk, mi lenne, ha fizetnénk egy magánórát?

-Nem gondoltam erre. Ez egy jó ötlet! Van javaslata egy hozzáértő személyre?

-Nagyon kompetens tanárom van itt Arcoverde-től a telefonos kapcsolataimban. Nézd meg a képét!

Belinha odaadta nővérének a mobiltelefonját. A fiú képét látva eksztatikus volt. A szép mellett okos is volt! Tökéletes áldozata lenne annak a párnak, aki a hasznoshoz csatlakozik a kellemeshez.

-Mire várunk? Menj el, húgom! Hamarosan tanulnunk kell. - mondta Amelinha.

-Te megkaptad! - Belinha elfogadta.

A kanapéról felállva tárcsázni kezdte a telefon számát a számbillentyűzeten. A hívás kezdeményezése után csak néhány percre van szükség, amíg a hívást fogadják.

-Szia. Minden rendben?

-Minden remek, Renato.

-Küldje el a megrendeléseket.

-Böngészgettem az interneten, amikor felfedeztem, hogy a szövetségi regionális bírósági versenyre pályázatok vannak nyitva. Mindjárt tekintélyes tanárként neveztem el az elmémet. Emlékszel az iskolai szezonra?

-Jól emlékszem arra az időre. Jó idők azok, akik nem jönnek vissza!

-Úgy van! Van ideje privát leckét tartani nekünk?

-Milyen beszélgetés, kisasszony! Neked mindig van időm! Milyen dátumot tűzünk ki?

-Megtehetjük holnap 2: 00-kor? El kell kezdenünk!

-Természetesen! Segítségemmel alázatosan mondom, hogy hihetetlenül megnő az elmúlás esélye.

-Biztos vagyok benne!

-Milyen jó! Számíthat rám 2: 00-kor.

-Nagyon szépen köszönjük! Viszlát holnap!

-Később találkozunk!

Belinha letette a telefont, és felvázolt egy mosolyt társának. A választ gyanítva Amelinha megkérdezte:

-Hogy ment?

-Elfogadta. Holnap 2: 00-kor itt lesz.

-Milyen jó! Idegek ölnek meg!

-Csak nyugodtan, nővérem! Rendben lesz.

-Ámen!

-Készítjük a vacsorát? Már éhes vagyok!

-Hát emlékezett.!

A pár a nappaliból a konyhába ment, ahol kellemes környezetben beszélgetett, játszott, főzött más tevékenységek mellett. A nővérek példamutató alakjai voltak, akiket egyesített a fájdalom és a magány. Az a tény, hogy gazemberek voltak a szexben, csak még jobban minősítette őket. Mint mindannyian tudjátok, a brazil nőnek meleg vére van.

Nem sokkal később testvérek voltak az asztal körül, és az életre és annak viszontagságaira gondoltak.

-Ezem ezt a finom csirke sztroganót, emlékszem a fekete emberre és a tűzoltókra! Olyan pillanatok, amelyek soha nem múlnak el! - mondta Belinha!

- Mesélj róla! Finomak azok a srácok! A nővérről és az orvosról nem is beszélve! Én is szerettem! - Emlékezett Amelinha!

-Igaz, húgom! Bármely embernek gyönyörű árbocja van, kellemes lesz! Bocsássanak meg nekem a feministák!

-Nem kell ilyen radikálisnak lennünk ...!

A kettő nevetve folytatja az asztalon lévő ételek fogyasztását. Egy pillanatig semmi más nem számított. Úgy tűnt, hogy egyedül vannak a világon, és ez a szépség és a szeretet istennőinck minősíti őkct. Mert a legfontosabb az, hogy jól érezzük magunkat, és legyen önértékelésünk.

Magabiztosan folytatják a családi rituálét. Ennek a szakasznak a végén interneteznek, zenét hallgatnak a nappali sztereóján, szappanoperákat és később pornó filmet néznek. Ez a rohanás lehelet- és fáradtá teszi őket, arra kényszerítve őket, hogy menjenek pihenni a saját szobájukba. Lelkesen várták a következő napot.

Nem sokáig mély álomba merülnek. A rémálmoktól eltekintve éjszaka és hajnal a normál tartományon belül zajlik. Amint megérkezik a hajnal, felkelnek, és elkezdik betartani a szokásos szokásokat: Fürdés, reggeli, munka, hazatérés, fürdés, ebéd, szundikálás és a szobába való költözés, ahol várják az ütemezett látogatást.

Amikor kopogást hallanak az ajtón, Belinha feláll, és válaszolni megy. Ennek során találkozik a mosolygó tanárral. Ez jó belső elégedettséget okozott számára.

-Üdvözlöm, barátom! Készen áll arra, hogy megtanítson minket?

-Igen, nagyon-nagyon kész! Még egyszer köszönöm ezt a lehetőséget! - Mondta Renato.

-Menjünk be! - Mondta Belinha.

A fiú nem gondolkodott el kétszer, és elfogadta a lány kérését. Köszöntötte Amelinha, és jelzésére leült a kanapéra. Első hozzáállása az volt, hogy levette a fekete kötött blúzt, mert túl meleg volt. Ezzel otthagyta jól megdolgozott mellvértjét az edzőteremben, csöpögött az izzadság és sötét bőrű fénye. Mindezek a részek természetes afrodiziákumot jelentettek annak a két "perverznek".

Úgy tett, mintha semmi sem történt volna, beszélgetést kezdeményeztek hármuk között.

-Felkészített egy jó órát, professzor? - kérdezte Amelinha.

-Igen! Kezdjük, milyen cikkel? - kérdezte Renato.

-Nem tudom ... - mondta Amelinha.

-Na, hogy először jól érezzük magunkat? Miután levetted az inged, vizes lettem! - vallotta be Belinha.

-Én is- mondta Amelinha.

-Te ketten tényleg szexmániások vagytok! Nem ezt szeretem? - Mondta a mester.

Válasz megvárása nélkül levette kék farmernadrágját, amelyen a comb adduktori izmai láthatók, napszemüvegén kék szeme látható, végül fehérneműjén hosszú pénisz, közepes vastagságú és háromszög alakú fej látható. Elég volt, ha a kis kurvák a tetejére estek, és elkezdték élvezni azt a férfias, joviális testet. Segítségével levették a ruhájukat és megkezdték a szex előkészületeit.

Röviden, ez egy csodálatos szexuális találkozás volt, ahol sok új dolgot tapasztaltak. Ez majdnem negyven perc vad szex volt, teljes összhangban. Ezekben a pillanatokban az érzelem olyan nagy volt, hogy észre sem vették az időt és a teret. Ezért Isten szeretete által végtelenek voltak.

Amikor eljutottak az extázisig, kissé megpihentek a kanapén. Ezután tanulmányozták a verseny által felölelt tudományágakat. Diákként a kettő segítőkész, intelligens és fegyelmezett volt, amit a tanár megjegyzett. Biztos vagyok benne, hogy a jóváhagyás felé tartottak.

Három órával később abbahagyták az új tanulmányi találkozók ígéretét. A perverz nővérek az életben boldogok voltak, és gondoskodtak más feladataikról, és már a következő kalandokra gondoltak. A városban "A telhetetlen" néven ismerték őket.

Verseny teszt

Ez már egy ideje. Körülbelül két hónapig a perverz nővérek a rendelkezésre álló időnek megfelelően a versenynek szentelték magukat. Minden eltelt nap jobban felkészültek arra, ami jön és megy. Ugyanakkor voltak szexuális találkozások is, és ezekben a pillanatokban felszabadultak.

Végre elérkezett a tesztnap. A két nővér korán elindult a hátország fővárosából, és elindult a BR 232-es autópályán, amelynek teljes útvonala 250 km volt. Útközben elhaladtak az állam belsejének főbb pontjai mellett: Pesqueira, Belo Jardim, São Caetano, Caruaru, Gravatá, Bezerros és Vitória de Santo Antão. Ezeknek a városoknak mindegyiknek volt egy története, amelyet elmesélhetett, és tapasztalatai alapján teljesen magába szívta. Milyen jó volt látni a hegyeket, az atlanti erdőt, a caatingát, a gazdaságokat, farmokat, falvakat, kisvárosokat és kortyolgatni az erdőkből érkező tiszta levegőt. Pernambuco valóban csodálatos állam volt!

A főváros városi kerületébe lépve az Utazás jó megvalósítását ünneplik. Vegye ki a fő utat a környék jó útjára, ahol elvégzik a tesztet. Útközben túlterhelt forgalommal, az idegenek közömbösségével, a szennyezett levegővel és az útmutatás hiányával néznek szembe. De végül sikerült. Belépnek az adott épületbe, azonosítják magukat, és megkezdik a tesztet, amely két periódusig tartana. A teszt első részében teljesen a feleletválasztós kérdések kihívására összpontosítanak. Az eseményért felelős bank jól kidolgozta a kettő legkülönfélébb kidolgozását. Véleményük szerint jól jártak. Amikor megtették a szünetet, kimentek ebédelni és levet fogyasztani az épület előtti étteremben. Ezek a pillanatok fontosak voltak számukra, hogy fenntartsák bizalmukat, kapcsolatukat és barátságukat.

Ezt követően visszamentek a teszt helyszínére. Ezután kezdődött a rendezvény második szakasza más tudományágakkal foglalkozó kérdésekkel. Annak ellenére, hogy nem tartották ugyanezt a tempót, továbbra is nagyon érzékenyek voltak a válaszaikban. Ily módon bebizonyították, hogy a versenyek sikeres átadásának legjobb módja az, ha sokat szentelnek a tanulmányoknak. Nem sokkal később befejezték magabiztos részvételüket. Átadták a bizonyítékokat, visszatértek az autóhoz, és a közelben lévő tengerpart felé haladtak.

Útközben játszottak, bekapcsolták a hangot, véleményezték a versenyt és továbbjutottak a Recife utcáin a főváros kivilágított utcáit figyelve, mert szinte éjszaka volt. Csodálkoznak a látott látványon. Nem csoda, hogy a várost "a trópusok fővárosaként" ismerik. A naplemente még csodálatosabb megjelenést kölcsönöz a környezetnek. Milyen jó ott lenni abban a pillanatban!

Az új ponthoz érve megközelítették a tenger partját, majd hideg és nyugodt vizébe indultak. A kiváltott érzés az öröm, az elégedettség, az elégedettség és a béke eksztázisát jelenti. Az idő elvesztésével úsznak, amíg el nem fáradnak. Ezt követően csillagfényben fekszenek a tengerparton, félelem és aggodalom nélkül. A varázslat remekül megragadta őket. Ebben az esetben egy szót kellett használni: "Mérhetetlen".

Valamikor a tengerpart szinte kihalt, a lányok két embere közeledik. Megpróbálnak felállni és futni a veszéllyel szemben. De a fiúk erős karjai megállítják őket.

- Nyugodtan, lányok! Nem fogunk bántani! Csak egy kis figyelmet és szeretetet kérünk! - szólalt meg egyikük.

A lágy hangon szembesülve a lányok meghatottan nevettek. Ha szexet akartak, miért nem elégíti ki őket? Mesterei voltak ennek a művészetnek. Válaszukra reagálva felálltak és segítettek levenni a ruhájukat. Két óvszert szállítottak és sztriptízt készítettek. Elég volt megőrjíteni azt a két férfit.

A földre zuhanva, párosan szerették egymást, és mozdulataikkal megremegett a padló. Megengedték maguknak mindkettő szexuális változatát és vágyát. A kézbesítés ezen a pontján semmivel és senkivel nem törődtek. Számukra egyedül voltak a világegyetemben egy nagy szeretetrituaalban, előítéletek nélkül. A szexben teljesen összefonódtak, és soha nem látott erőt produkáltak. A hangszerekhez hasonlóan ezek is egy nagyobb erő részei voltak az élet folytatásában.

Csak a kimerültség megállásra kényszeríti őket. Teljesen elégedetten, a férfiak kilépnek és elmennek. A lányok úgy döntenek, hogy visszamennek az autóhoz. Visszaindulnak a rezidenciájukba. Teljesen jól vitték magukkal tapasztalataikat és jó híreket vártak arról a versenyről, amelyen részt vettek. Minden bizonnyal megérdemelték a világ legjobb szerencséjét.

Három órával később nyugodtan tértek haza. Hálát adnak Istennek az alvás által biztosított áldásokért. A minap további érzelmeket vártam a két mániákusra.

A tanár visszatérése

Hajnal. A nap korán kel, és az ablak repedésein áthaladó sugarai megsimogatják kedves csajaink arcát. Ezenkívül a finom reggeli szellő elősegítette a hangulat megteremtését bennük. Milyen jó volt, hogy lehetőségem volt egy újabb napra Atya áldásával. Lassan ketten szinte egyszerre kelnek fel az ágyukról. Fürdés után találkozásuk az előtetőben történik, ahol közösen készítik a reggelit. Ez egy pillanat az öröm, a várakozás és a figyelemelterelés élményeinek megosztása hihetetlenül fantasztikus időszakokban.

Miután elkészült a reggeli, összegyűlnek az asztal körül, kényelmesen ülve fa székeken, az oszlop háttámlájával. Miközben esznek, meghitt tapasztalatokat cserélnek.

Belinha

A húgom, mi volt ez?

Amelinha

Tiszta érzelem! Még mindig emlékszem e kedves kréták testének minden részletére!

Belinha

Én is! Nagy örömet éreztem. Szinte extraszenzoros volt.

Amelinha

Tudom! Tegyük gyakrabban ezeket az őrült dolgokat!

Belinha

Egyetértek!

Amelinha

Tetszett a teszt?

Belinha

Szerettem. Meghalok, hogy ellenőrizzem a teljesítményemet!

Amelinha

Én is!

Amint befejezték az etetést, a lányok a mobilinternet elérésével vették fel mobiltelefonjukat. Navigáltak a szervezet oldalára, hogy ellenőrizzék a bizonyíték visszajelzését. Felírták papírra, és a szobába mentek, hogy ellenőrizzék a válaszokat.

Odabent örömükben ugrottak, amikor meglátták a jó hangot. Elhaladtak! Az érzést most nem tudták visszafogni. Miután sokat ünnepelt, a legjobb ötlete van: Hívja meg Renato mestert, hogy megünnepelhesse a küldetés sikerét. Belinha ismét felel a küldetésért. Felemeli a telefonját és felhív.

Belinha

Szia?

Renato

Szia, jól vagy? Hogy vagy, édes Belle?

Belinha

Nagyon jól! Találd ki, mi történt.

Renato

Ne mondd nekem ....

Belinha

Igen! Átestünk a versenyen!

Renato

Gratulálok! Nem mondtam?

Belinha

Nagyon szeretnék köszönetet mondani minden szempontból az együttműködésért. Ugye megértesz engem?

Renato

Értem. Be kell állítanunk valamit. Lehetőleg a házában.

Belinha

Pontosan ezért hívtam. Meg tudjuk csinálni ma?

Renato

Igen! Ma este meg tudom csinálni.

Belinha

Csoda. Akkor azt várjuk, hogy éjjel nyolc órakor.

Renato

Oké. Hozhatom a testvéremet?

Belinha

Természetesen !

Renato

Később találkozunk!

Belinha

Később találkozunk!

A kapcsolat véget ér. A nővérére nézve Belinha elneveti a boldogságot. Kíváncsi, a másik megkérdezi:

Amelinha

És akkor mi van? jön?

Belinha

Rendben van! Ma este nyolckor újra találkozunk. Ő és a bátyja jönnek! Gondolt már Surubára?

Amelinha

Mesélj róla! Már lüktetem az érzelmektől!

Belinha

Legyen szív! Remélem sikerül!

Amelinha

-Minden sikerült!

A kettő egyszerre nevet, pozitív rezgésekkel töltve meg a környezetet. Abban a pillanatban nem volt kétségem afelől, hogy a sors összeesküdött egy szórakoztató éjszakára annak a mániákus duónak. Már annyi szakaszt értek el együtt, hogy most nem gyengülnek. Ezért folytatniuk kell a férfiak szexuális játékként való bálványozását, majd el kell dobniuk őket. Ez volt a legkevesebb verseny arra, hogy megfizesse szenvedéseiket. Valójában egyetlen nő sem érdemli meg a szenvedést. Illetve szinte minden nő nem érdemel fájdalmat.

Ideje dolgozni. A két nővér már készen áll a szobából, és elmegy a garázsba, ahol a saját autójával távoznak. Amelinha előbb Belinha viszi az iskolába, majd elmegy a farm irodájába. Ott örömet áraszt és elmondja a szakmai híreket. A verseny jóváhagyásáért megkapja mindenki gratulációját. Ugyanez történik Belinha.

Később hazatérnek és újra találkoznak. Ezután megkezdődik a felkészülés a kollégák fogadására. A nap még különlegesebbnek ígérkezett.

Pontosan a tervezett időpontban kopogást hallanak az ajtón. Belinha, közülük a legokosabb, feláll és válaszol. Határozott és biztonságos lépésekkel beteszi magát az ajtóba, és lassan kinyitja. Ennek a műveletnek a befejezése után vizualizálja a testvérpárot. A háziasszony jelzésével belépnek és elhelyezkednek a nappali kanapén.

Renato

Ez az én testvérem. Ricardo a neve.

Belinha

Örülök, hogy megismertelek, Ricardo.

Amelinha
Szívesen látunk itt!
Ricardo
Köszönöm mindkettőtöknek. Az öröm az enyém!
Renato
Készen állok! Mehetünk csak a szobába?
Belinha
Na gyere!
Amelinha
Ki kap most kit?
Renato
Magam választom Belinha.
Belinha
Köszönöm, Renato, köszönöm! Együtt vagyunk!
Ricardo
Örömmel maradok Amelinha mellett!
Amelinha
Remegni fogsz!
Ricardo
Meglátjuk!
Belinha
Akkor kezdődjön a buli!

A férfiak gyengéden rátették a nőket az egyikük hálószobájában elhelyezett ágyakig tartó karjukra. A helyszínre érve leveszik ruhájukat, és a gyönyörű bútorokba esnek, és több helyzetben megkezdik a szeretet rituáléját, simogatást és cinkosságot cserélnek. Az izgalom és az öröm olyan nagy volt, hogy az utcán hallatszott a felnyögés, ami a szomszédokat botrányozta. Mármint nem annyira, mert már tudtak a hírnevükről.

A felülről levont következtetéssel a szerelmesek visszatérnek a konyhába, ahol gyümölcslevet isznak sütivel. Miközben esznek, két órán át beszélgetnek, növelve a csoport interakcióját. Milyen jó volt ott tanulni az életről és arról, hogyan lehet boldog. Az elégedettség jól áll önmagával és azzal, hogy a világ megerősíti tapasztalatait és értékeit, mielőtt mások bizonyosságot hordoznának abban, hogy mások nem tudják megítélni. Ezért a maximum, amit elhittek: "Mindenki a saját személye".

Estefelé végre elbúcsúznak. A látogatók még eufórikusabban hagyják el a "Kedves Pireneusokat", amikor új helyzetekre gondolnak. A világ csak fordult a két bizalmas felé. Legyen szerencséjük!

Vége

9 786599 415937

Printed by Libri Plureos GmbH in Hamburg, Germany